批校經籍叢編 集部〇二

花間集

上海圖書館藏

[五代]趙崇祚 編

鄭文焯 批校

浙江古籍出版社

圖書在版編目（CIP）數據
花間集 / （五代）趙崇祚編 ；鄭文焯批校. -- 杭州 ：
浙江古籍出版社，2024. 9. --（批校經籍叢編）.
ISBN 978-7-5540-3124-7（2025.1重印）
Ⅰ. I222.82
中國國家版本館CIP數據核字第2024XC7015號

批校經籍叢編

花間集

〔五代〕趙崇祚　編

鄭文焯　批校

出版發行　浙江古籍出版社
（杭州市環城北路177號　郵編：310006）
網　　址　http://zjgj.zjcbcm.com
叢書題簽　沈燮元
叢書策劃　祖胤蛟　路　偉
責任編輯　祖胤蛟
文字編輯　曾　拓
封面設計　吴思璐
責任校對　吴穎胤
責任印務　樓浩凱
照　　排　浙江大千時代文化傳媒有限公司
印　　刷　浙江新華印刷技術有限公司
開　　本　889 mm × 1194 mm　1/16
印　　張　17
字　　數　126千
版　　次　2024年9月第1版
印　　次　2025年1月第2次印刷
書　　號　ISBN 978-7-5540-3124-7
定　　價　238.00圓

批校經籍叢編序

古籍影印事業久盛不衰，造福於古代文獻研究者至廣至深，電子出版物相輔而行，益令讀者視野拓展，求書便捷。今日讀者泛覽所及，非僅傳世宋元舊槧、明清秘籍多見複製本，即公私各家所藏之稿本、抄本及批校本，亦多經發掘，足備檢閲。昔人所謂『文獻足徵』之理想，似已不難實現。回溯古籍影印之發展軌跡，始於單種善本之複製，進而彙聚衆本以成編，再則拾遺補缺，名目翻新，遂使秘書日出，孤本不孤，善本易得。古人之精神言語至今不絶，國人拜出版界之賜久且厚矣。處此基本古籍多經影印之世，浙省書業同仁穿穴書海，拓展選題，兹將推出『批校經籍叢編』。

昔人讀書治學，開卷勤於筆墨，舉凡經史諸子、訓詁小學、名家詩文，誦讀間批校題識，乃爲常課。後人一編在手，每見丹黄爛然，附麗原書，詁經訂史，本色當行，其批校未竟者，覽者每引爲憾事。古籍流轉日久，諸家批校又多經增損，文本歧出，各具異同，傳本既夥，遂形成『批校本』之版本類型，蔚爲大觀。古籍書目著録中，通常於原有之版本屬性後，加注批校題跋者名氏。今人編纂善本目録，遇包含批校題跋之文本，即視其爲原本以外另一版本。

古書流傳後世，歷經傳抄翻刻，版本既多且雜，脱訛衍誤，所在不免。清人讀書最重校勘，尤於經典文本、傳世要籍，凡經寓目，莫不搜羅衆本，字比句櫛，列其異同，疏其原委，賞奇析疑，羽翼原書。讀書不講版本，固爲昔人所笑，而研究不重校勘，賢者難免。批校本之爲用宏矣。前人已有之批校，除少量成果刊佈外，殘膏賸馥，猶多隱匿於各家所庋批校本中，發微闡幽，有待識者。

批校本爲古今學人心力所萃，夙受藏書家與文獻學者重視。余生雖晚，尚及知近世文獻大家之遺範，其表表者當推顧廷龍、王欣夫諸前輩。兩先生繼志前賢，好古力學，均以求書訪書、校書編書終其身，其保存與傳播典籍之功，久爲世人熟稔，而溯其治學成果，莫不重視批校本之搜集與整理。顧老先後主持合衆、歷史文獻及上海圖書館，諸館所藏古籍抄稿本及批校本，林林總總，數以千計，珍同球璧，名傳遐邇，至今仍播惠來學，霑溉藝林。欣夫先生亦文獻名家，平生以網羅董理前賢未刊著述爲職志，其藏書即以稿抄本及批校本爲重點，傳抄編校，終身不懈，所著《蛾術軒篋存善本書録》含家藏善本千餘種，泰半皆稿抄、批校本，通行刊本入録者，亦無不同時並載前人批校。先生學問博洽，精於流略，於批校本鑒定尤具卓識，嘗謂前人集注、集釋類專著，多采摭諸家批校而成，如清黄汝成編《日知録集釋》，於光大顧亭林學術影響甚鉅，而未采及之《日知録》批校本，猶可爲通行本補苴。先生於批校本之整理實踐，又可以編纂《松崖讀書記》爲例。先生自少即有志輯録清代考據學大家惠棟批校成果，分書分條，隨得隨録，歷時久而用力深，所作『輯例』，雖爲《讀書記》而作，實則金針度人，已曲盡批校本之閫奥，不辭覼縷，摘録於次：

一、是書仿長洲何（焯）《義門讀書記》、桐城姚範《援鶉堂筆記》例，據先生校讀羣書或傳録本，案條輯録。先采列原文，或注或疏，或音義，次空一字録案語。如原文須引數句或一節以上者，則止標首句而繫『云云』二字於下，以省繁重，蓋讀此書者，必取原書對讀，方能明其意旨也。

二、所見先生校讀之書，往往先有先生父半農先生評注，而先生再加校閲者，大概半農先生多用朱筆，先生多用墨筆。然亦有爲例不純、朱墨錯出者。原本尚可據字跡辨認，傳録本則易致混淆，故間有先後不符、彼此歧異者，亦有前見或誤，後加訂正，於此已改而於彼未及者，可見前哲讀書之精進。今既無從分析，衹可兩存之，總之爲惠氏一家之學而已。

三、原書於句讀批抹，具有精意，足以啟發讀者神智。本欲仿歸、方評點《史記》例詳著之，因瑣碎過甚，卷帙太鉅，又傳録本或有衹録校語而未及句讀批抹者，故未能一一詳之也。

四、凡傳録本多出一時學者之手，故詳審與手蹟無異，每種小題下必注據某某録本，以明淵源所自。録者間有校語，則附録於當條下。

五、先生羣經注疏校閲本，其精華多已采入《九經古義》。今所輯者皆隨手箋記，本有未定之説，或非精詣所在，然正可見先正讀書之法。若以『君子不示人以璞』之語爲繩，則非輯是編之旨也。

六、《左傳補注》已有專書，故兹編不列，其《讀説文記》傳抄本最多，其刻入《借月山房叢書》、《小學類編》者，亦出後人綴集，兹以便學者，不煩他求，故仍列入焉。

七、先生所著《更定四聲稿》，其目志傳藝文均不載，僅一見於顧（廣圻）傳録先生所校《廣韻跋》中。前年偶於坊間得朱（邦衡）手抄殘本五册，吉光片羽，亦足珍貴，重爲案韻排比，録附於後，尚冀異日全稿發現，以彌闕憾。

八、先生《文抄》，今所傳貴池劉氏《聚學軒叢書》二卷本，係出新陽趙元益所抄集，其未刻遺文（見於印本或墨蹟者），據所見附輯附後。

九、兹編所輯，僅據所藏所見者隨得隨録，其或知而未見、見而未能借得，及未知、未見者，尚待續輯，望海内藏書家惠然假讀，補所未備，是所禱耳。

十、是編之輯已歷十稔，所據各本除自有外，多假諸同好摯友，如常熟瞿氏（啓甲、熙邦）鐵琴銅劍樓、丁氏（祖蔭）緗素樓、杭縣葉氏（景葵）卷盦、吴興劉氏（承幹）嘉業堂、至德周氏（暹）自莊嚴堪、貴池劉氏（之泗）玉海堂、吴縣潘氏（承謀）彦均室、顧氏則奂過雲樓，及江蘇國學圖書館、上海涵芬樓，皆助我實多，用志姓氏於首，藉謝盛誼。

先生矻矻窮年，成此巨編，遺稿經亂散佚，引人咨嗟。先生輯録方式以外，今日利用古籍普查成果，網羅羣書，慎擇底本，影印『惠氏批校本叢書』，足與輯本方駕齊驅，而先生所記書目，猶可予以擴充。又所記底本有録自『手蹟真本』者，有從『録本』傳抄者，可知名家批校在昔已見重學林，原本、過録本久已並存。如今天下大同，藏書歸公，目録普及，技術亦日新月異，以影印代替輯録，俾原本面貌及批校真蹟一併保存，仿真傳世，其保護典籍之功，信能後來居上。

浙江古籍出版社編輯諸君，於古籍影印既富經驗，又於存世古籍稿抄批校本情有獨鍾，不辭舟車勞頓，目驗原書，比勘覆覈，非僅關注已知之名家批校本，又於前人著録未晰之本，時有意外發現，深感其志可嘉而其事可行。而入選各書，皆爲歷代學人用力至深、批校甚夥之文本，而毛扆、黄丕烈、盧文弨、孫星衍、顧廣圻等人，均爲膾炙人口之校勘學家。出版社復精心製版，各附解題，索隱鉤玄，闡發其藴。此編行世，諒能深獲讀者之歡迎而大有助於古代文獻研究之深入。

本叢書名乃已故沈燮元先生題署，精光炯炯，彌足珍貴。憶昔編輯部祖胤蛟君謁公金陵，公壽界期頤，嗜書如命，海内所共知，承其關愛，慨然賜題，不辭年邁，作書竟數易其紙。所惜歲月如流，書未刊行而公歸道山，忽已期年。瞻對遺墨，追懷杖履，益深感慕焉。

甲辰新正雨水日，古烏傷吴格謹識於滬東小吉浦畔

出版説明

時潤民

鄭文焯（一八五六—一九一八），字叔問，號小坡、大鶴，亦别題瘦碧閣主、冷紅詞客，晚歲自署樵風逸民、樵風遺老。與王鵬運、朱孝臧、況周頤併稱『晚清四大詞人』、『清季四大家』。所作詞先後成《瘦碧詞》二卷、《冷紅詞》四卷、《比竹餘音》四卷，自删定爲《樵風樂府》九卷，朱孝臧爲别刻《苕雅餘集》。故交吴昌綬輯其生平著述，如《説文引群説故》、《高麗永樂好太王碑釋文纂考》、《醫故》、《詞源斠律》、《絶妙好詞校釋》等，並其詞集，合刊爲《大鶴山房全集》。歿後，其婿戴正誠爲撰《鄭叔問先生年譜》，另從遺篋選刊《大鶴山人詩集》二卷。

上海圖書館藏原本鄭文焯批校《花間集》十卷，此前曾被研究者認爲已佚而僅存過録本。過録本亦存上海圖書館，其情況簡介及鄭氏批校文字内容俱詳見於《大鶴山人詞話》（孫克强、楊傳慶輯校，南開大學出版社二〇〇九年十二月版），乃龍榆生弟子所過録。然過録本所録内容加之輯校者録自他書所得之鄭批文字，實不足原本十分之一。鄭氏批校之原本十卷，保存情況尤爲良好，根據鄭氏書前題跋稱，是書乃其甲午歲（一八九四）得於京師，再結合紙張及印刷等方面看，底本應爲王鵬運光緒癸巳（一八九三）據楊氏海原閣藏宋淳熙鄂州本影刻的四印齋初刻初印本。而書中鄭氏批校，可見最晚之落款年份則爲書前所題『宣統閼逢攝提格之年』的甲寅年（即一九一四年，時已入民國），依然體現出了其一以貫之的遺老姿態。此外，據鄭氏書前題跋，知其又曾請方爾謙用明仿宋晁謙之本校對一過，故書中幾乎每條鄭氏批校文字旁，皆有方氏校筆字跡，書前書後則另綴有方氏記叙數條，卷末則可見方氏所鈐『尒謙』印一枚。

觀是書鈐印，有『吴興劉氏嘉業堂藏書記』、『朱嘉賓』、『朱嘉賓印』、『嘉賓藏書』多處。朱嘉賓乃民國時期上海億中銀行董事會朱鴻儀之子。朱鴻儀（一九〇二—一九七三），江蘇金壇人，一九四二年之後曾得劉承幹嘉業堂藏書數百種。據鄭逸梅《藝林散葉續編》：『劉翰怡之嘉業堂藏書，宋元本讓給金壇人朱鴻儀，徐森玉爲之紹介也。鴻儀子嘉賓亦嗜書成癖。』則是書自鄭氏下世（一九一八）後直至入藏上海圖書館前之遞傳綫索亦約略可知。

劉崇德先生曾發見河北大學圖書館藏鄭文焯批校《清真集》，譽之爲『詞學的寶藏』。然則此本鄭批《花間集》，不但可謂『詞學的寶藏』，實亦有關鄭氏研究的一大寶藏。書中所見鄭氏自用印章，蔚爲大觀，計有『叔問』、『樵風遺老』、『隺語』、『石芝西堪鑒藏圖書碑板印記』、『文焯私印』、『老芝宷音』、『半雨廔』、『叔問審定』、『巨鄭』、『石芝西堪』、『北海鄭氏臧書印』、『尗問手校』、『西園隺語』、『隺道人』、『齊玉象堪』、『鄭文焯攷臧經籍碑銘記』、『瑕東客』、『冷紅詞客』、『老芝經眼』、『冷紅詞人』、『石芝書藏』、『鄭宜』、『文焯校讀』、『鄭文焯』、『玉象』、『樵風』、『善艸樓』、『大鶴山人題記』、『老芝』、『文焯私印』、『小坡』、『叔問校定』、『隺翁渴求』、『鄭』、『石芝』、『鶴記』、『隺公』、『叔問眼學』、『大隺天悉者』、『大壺』、『冷紅閣』、『樵風廎』、『文焯』、『家卌二千石』、『盾尗』、『吴小城東埜』、『冷紅瘦碧之居』、『琴西老屋』、『阿文』、『樵風樂府』、『鄭記』、『鶴道人年四十以後所作』等五十餘枚，其中不乏相當罕見或長久以來未爲人所知者，無乃鄭氏私印的一次集中展示。據各種資料記載可知，其中大部分皆出自晚近篆刻名家如吴昌碩、王大炘等之手，單從藝術角度而言，亦極具欣賞價值。

是書中之鄭氏批校文字，其中校記部分，依然體現了其以詞律爲第一準繩的校勘理念；而批語部分尤其值得詞學特別是詞體、詞律研究者再次引起重視並進行深入參考和探究的是，與鄭氏批校之現同藏上海圖書館的宋人和清真詞二種（吴湖帆舊藏吴昌綬過録何夢華鈔本陳允平《西麓繼周集 日湖漁唱》、晚清刻本楊澤民《和清真詞》）中的批語、校記一樣，鄭氏對詞的所謂『夾叶』（夾協）問題作了數次提點，特別是其言『令曲體例不一，而夾協最精細』（批卷十毛熙震《酒泉子》其四『秋月嬋娟』詞）的觀點，無疑對令曲詞體研究具有重要意義。

至於批語的部分，鄭氏對一些版本與學術問題的評述，雖然時常有很準確、精到的見解，但也偶爾會因所見文獻材料不足，而輕率地做出武斷判別。此一方面的典型錯誤，是其曾在上述上圖所藏陳允平《西麓繼周集 日湖漁唱》批語中，斷言陳元龍覆刻本周邦彦《片玉集》的時代爲元代，而陳元龍、劉肅爲元人，直到後來他知曉陳元龍原刻本上劉肅序末落款有『嘉定辛未』這一紀年，才訂正了自己過去固執認爲《片玉集》絶非周邦彦詞集在宋代時之名稱的意見。而在這部《花間集》中，他也未免有此類率作按語之病。例如他在批卷一的温庭筠《南歌子》七首時説：

仁和勞權藏《金奩集》一卷手鈔本，云從知不足齋寫本傳鈔，後跋云：『飛卿《南鄉子》八闋，語意工妙，殆可追配劉夢得《竹枝》，信一時傑作也。淳熙己酉立秋觀於國史院直廬。是日風雨，桐葉滿庭。放翁書。』

按，是集飛卿有《南歌子》七闋，疑放翁所稱乃歐陽舍人之作，在是集弟六，其詞爲《南鄉子》八闋，語義亦與《竹枝》爲近，皆記嶺南風土，所謂『追配』禹錫者，必非飛卿也。勞氏鈔蕞諸書，譌舛實多，未足據也。

因爲他素來對勞權鈔本詞籍的印象不佳，所以在這裏批評，判斷勞氏從知不足齋寫本傳鈔的《金奩集》中所附陸游評價温庭筠《南鄉子》八首之跋，必有譌舛而不可靠。但這其實是因爲他自己並未得見《金奩集》而致誤判，後朱孝臧得之，刻入《彊村叢書》，内收温庭筠《南鄉子》八首，確近劉禹錫《竹枝》之風格。

此外，鄭氏對《花間集》中詞作本身所作的賞析、評點，占了相當多的篇幅，因其『晚清四大詞人』的身份，故而這些文字對於文學批評研究領域而言，價值不可估量。其中甚至有數條批語，一定程度上還體現了其詩學觀，相對於其爲人熟悉的詞學批評而言，這些可供揭櫫其詩學觀念的文字，更顯珍貴。

而最可令人詫異者，是書中竟有批校文字，關乎鄭氏隱晦之私生活領域，堪稱『聞所未聞』、『不傳之秘』。

鄭氏於清末佐幕吴中三十年，爲歷任巡撫座上嘉賓，生活閒適，財有餘力，其典型表現即在於納妾養婢。其築冷紅閣以納侍妾張小紅，近代知名，戴正誠《年譜》、張爾田《近代詞人逸事》皆有記叙，龍榆生《冷紅詞跋》曰：

《冷紅詞》四卷，鐵嶺鄭文焯小坡作也。以『冷紅』名集者何？余聞之張孟劬先生曰：『光緒甲子，先君子棄官僑吴中，與小坡及張子苾諸君，連舉詞社。小坡方有比紅之賦，即所謂侍兒紅冰是也。後遂歸於小坡，乃於翦金橋卜西樓以貯之。《冷紅詞》一編，大半詠此。』……予近從彊邨老人所得讀小坡《瘦碧盦詩》未栞稾，有《遲紅詩》十二首，足與《冷紅詞》相印發。……據此，知小坡之戀戀於紅冰，蓋不出彼姝憐才之癡念。小坡性情好尚，差與白石相同。自製新詞，小紅低唱，固小坡心目中之所存想不忘者也。因讀此編，附記所聞於此，俾世之覽者有所考焉。（《龍榆生詞學論文集》，上海古籍出版社一九九七年七月版，第四九二—四九三頁）

龍氏謂『余聞之張孟劬先生』，即張爾田《近代詞人逸事》所記，此編實即龍榆生將張氏致其信札匯輯而成，但其中遺漏了一封張氏詳細補叙鄭氏納妾歷史的信函，信的起始部分就説道：

榆生我兄左右：得復書，敬悉一切。詞人多浪漫，其一生軼事，皆可爲倚聲作資料，清真、白石皆往例也，大寉亦頗近之。此翁本有一妾名素南，阿憐當亦指此。紅冰歸大寉，更名可可，所謂吴趍歌兒、吴姬宛宛者，大抵南瓦中人物，未必一人也。紅姬余曾見之，有一婢甚通悦，不避人，殆即葉氏所言者，其後亦不知所終。鼎革以後，余遷海上，客遊京洛。大寉家事遂不相聞問。……

此信的著録，最早見於張暉《龍榆生先生年譜》（學林出版社二〇〇一年五月版，第三一頁），後龍氏弟子張壽平輯龍氏所遺師友往來信札而成《近代詞人手札墨蹟》（中國臺北『中研院』中國文哲研究所二〇〇五年十二月版）時收入此信原件，張氏並釋曰：『此當爲張孟劬於民國十九年十二月下旬自北平寄榆師上海札。孟劬少時隨父上龢僑寓蘇州，與鄭文焯兩家相過從，故諗其家事。榆師所知文焯些微，大多聞諸孟劬。本年，榆師撰《〈冷紅詞〉跋》……該跋脱稿……榆師必即寄孟劬審閲，而此札當即孟劬讀該跋後速覆榆師之原件……而語有增補。』

鄭文焯除娶夫人張宜人外，曾納二妾，一爲方氏（素南），戴氏《年譜》記爲光緒十二年（一八八六）納；一即張小紅，《年譜》記光緒十九年（一八九三）納，所謂紅冰者是也。張爾田父張上龢爲鄭氏舊交，張爾田信中又明確説見過此妾，則張小紅『更名可可』的这一説法當可信。又張爾田《近代詞人逸事·附録詞林新語》云：『叔問有姬字南柔，後叔問十五年卒，無以爲葬。彊村、蕙風約客醵資薶之虎邱，題冷紅閣故姬南柔之墓，過者每爲掩涕。』（唐圭璋編《詞話叢編》，中華書局一九八六年十一月版，第四三七二頁）鄭文焯生前所用的信箋，其中就有一種『冷紅閣侍兒南柔製』字樣暗紋者。南柔亦即張小紅，鄭氏篆刻弟子錢瘦鉄曾在一幅鄭氏爲褚德彝所作的《祭碑圖卷》上題跋：『褚公禮堂，嗜古博物，尤精金石考據之學，善漢隸，楷書得河南神髓。治印頗古雅，曾爲先師刻數石，有一石，文曰「得一詞常教小紅歌之」。小紅者，南柔女史之别號也。該印據云在天津時所作，是圖亦津所繪，當時同客沽上，摩挲金石，考證當代文字，同樂不倦。』（見梁禮堂《我名君字偶相同——鄭文焯

祭碑圖卷記》,《收藏·拍賣》二〇〇九年第四期,第七六頁)

而上海圖書館所藏此一鄭氏批校《花間集》十卷,書前題跋中赫然可見這樣一則奇特的記録:

冷紅閣侍兒西美、南佳、澹宜、倩倩、洛孫、柔素,琴侍飛雲觀。

蘇州采雲橋女子可可記之。

這是迄今僅見的對鄭氏冷紅閣妾婢情況的詳細記録,是第一手的直接材料。不但間接證實了張爾田所謂張小紅『更名可可』的説法,如此則可得出鄭氏之妾張小紅有『紅冰』、『南柔』、『可可』三個别稱,説明了此書中『斷句大謬,當是與南柔同賞時』(批卷八孫光憲《女冠子》其二『澹花瘦玉』詞)的批語及『侍兒南柔同賞』的印章都關乎其妾,並與書中另一枚所鈐『倩倩共賞』印一同勾勒出一幅鄭氏當時私生活的剪影。並且,這條張小紅親筆寫就的題識,更詳細列舉了冷紅閣中的一衆鄭氏所養侍女,據此可看出鄭氏在當時經濟狀況非常良好,否則不可能有能力先後納妾二人,更爲張小紅築閣,還在閣中雇養了如此之多的婢女,甚至特别有專事彈奏的『琴侍』。須知,雇養妾婢比之鄭氏另一大愛好收藏,每月都有固定的一大筆需用,花費的負擔更多且持久,由此可見鄭氏的蘇撫幕僚營生帶給其收入之富餘、生活之優越,已足勝過一些小官員。

此處不妨提及,鄭氏與其夫人張宜人始終感情很好,他第二次納妾張小紅,自作詩云:『美人心地玉玲瓏,能箇憐才許未工。好著琴書新伴侶,遮渠林下步清風。(自注:紅兒嘗欲從内子學琴。)』(此亦見龍榆生《〈冷紅詞〉跋》)張宜人善琴,鄭氏既然説張小紅想從張宜人學琴,妻妾二人之間的關係應該可稱融洽。結合上述書中題跋、鈐印細節,則是書價值不僅僅囿於鄭氏之文學、文論、文獻,更已擴大而至個人史之層面。

此外可類比者,鄭氏在是書中卷一批温庭筠《楊柳枝》八首題下記:

余於庚子秋賦《楊柳枝》廿五首,皆寓黍離之感,一時傳遍吟口,半塘老人極爲賞較,誦不去口,至爲泣數行下。一日,謂余云:此體未宜詞中見『楊柳』字,今觀所作,略有二首犯此例,其亦有所本歟?余即舉飛卿此詞(凡四見)爲證所自,且不獨温詞有之也。

又批卷八孫光憲《女冠子》其一『蕙風芝露』一首後曰：『此王給諫幼瑕戊戌歲在京師所書，雖戲言，亦有餘味。今其墓有宿中已。』此兩條涉及其師友王鵬運的文字，關乎戊戌、庚子，於王鵬運研究而言，不啻爲珍貴異常、他處不見之獨家私密史料。故而，是書所含材料之豐富、瑰奇，足堪以『異書』目之。

觀鄭氏於是書卷末題識曰：

> 是編爲詞選中之至精奥者，卧夢起誦，不厭百回，朅來滬濱，時於艷冶叢中諷詠過口，極荒淡之致。余所篹《冷紅詞》，間能得其細趣。猶憶去年石湖舟次，聞小姬唱《湘春夜月》，使人至今依黯也。光緒涒歎之年二月，叔問又記。

所謂《花間》之風，『不厭百回』；所謂『艷冶叢中』，『得其細趣』。於鄭氏而言，喜《花間》而愛艷詞，實在並無什麽好掩飾的，從不避諱，坦然瀟灑。晚近時有人稱鄭氏作詞是『敷粉之面』、『太做樣』，實則此輩反倒是去鄭氏的誠實不可以道里計。

上述光緒涒歎之年，即一九〇八年，鄭氏離蘇至滬，隨攜此編，時一諷詠。而其完璧終得存於天壤之間，恰仍發見於滬上，乃由筆者十餘年前於上海圖書館搜輯鄭氏資料時檢出，並迻録全數批校及圈點。其上手批文字及鈐印辨識，曾得上圖陳先行先生與鄒曉燕女史之助良多。後之董理則又延宕年餘，多承師友督促，始精擇刊佈於《詞學（第三十六輯）》（華東師範大學出版社二〇一六年十二月版）。而當時限於篇幅，鄭氏之圈點無奈捨去，曾言唯冀終有一日是書可得影印面世，以廣人知。

今浙江古籍出版社同仁耕耘文獻、光大事業，欲使世間異書秘本化身千百、光照後來，誠爲功德無量、有功學林。因略贅述此本之概況、奥秘與機緣如上，鄭氏在天有知，其許我乎？

時距大鶴山人誕辰百六十八年，小鶴山人識於滬濱

目録

第三册

第四册

花間集

鄭文焯批校

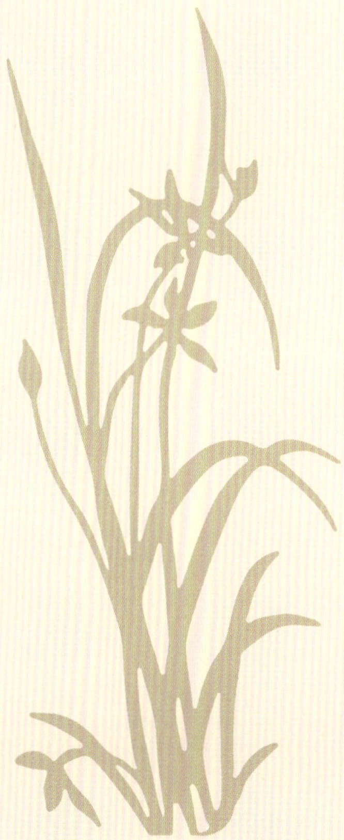

底本爲上海圖書館藏四印齋
刻本原書框高十五點八厘米
寬十一點四厘米

花間集

花間集

瘦碧菴藏

鄭大崔屬方无隅用明仿宋鼎謙之本校過
宣統閼逢攝提格之年
試在春申 汪鶴語

詞源云詞之難于令曲猶詩之難於絕句不過十數句一句一字閑不得末句最當留意

當以唐花間集韋莊溫飛卿為則

廬陵陸文圭云花間以前無集譜秦周以後無雅聲原遠而派別也

汲古刻多沿是本之譌舛蓋據其舊藏南宋板草草付鋟未之

斠正也其刻尊前集前敘云余愛花間集勝于草堂詩餘曩歲客

吳興茅氏兼有附補而余斯編第有類寫按明萬曆間歸安茅一楨有

凌霞山房校刻花間集頗足訂汲古及宋刻此譌照本之誤或當日毛子晉氏所稱茅氏刻即

一楨校本惜未取以對勘尚據南北宋板精鈔諸二本折中一是定為善本豈

不快哉

宋閑又記于半雨廔

石芝西堪鑒藏圖書碑板印記

此楊氏海原閣藏本半塘老人景宋淳熙槧復刻譌奪時有迄未校定自甲午歲得之京師舟車所至時一撿索任筆斠正十得七八莫有好事重付殺青庶觀者無淪缺之憾焉

光緒作詻之年十月望冷紅詞客記

放翁云詩至晚唐五季氣格卑陋千家一律而長短句獨精巧高麗後世莫之及此事之不可

曉青

景宋淳熙鄂州本花間集十卷

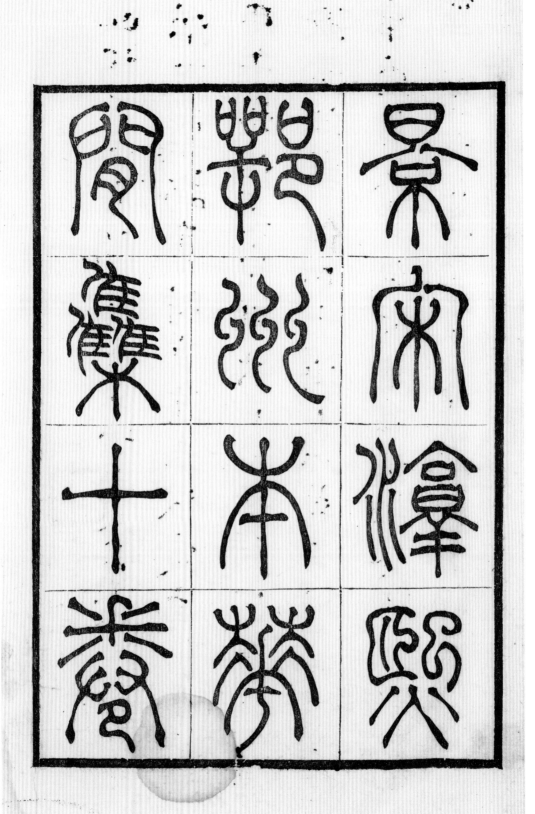

甲寅五月避近邗上方地山檢其架上新藏書有明翻宋晁謙之刻本花間集殘葉零亂字句亦多譌駁然頗有足校訂是本之誤處並以明季遺賢洞庭山葉石君據宋本手斠頓成完善乃為好本因屬方君三校錄簡首續尾采按靡遺度有同好依是付梓洵倚聲家得一准的不亦大快事　鶴記

冷紅閣侍兒西美南佳澹宜倩倩洛孫君素琴侍飛雲觀

蘇州梁雲穗女子　可可記之

鏤玉雕瓊擬化工而迥巧裁花剪葉奪春艷以爭鮮是以唱雲謠則金母詞清挹霞醴則穆王心醉名高白雪聲聲而自合鸞歌響遏行雲字字而偏諧鳳律楊柳大堤之句樂府相傳芙蓉曲渚之篇豪家自製莫不爭高門下三千玳瑁之簪競富樽前數十珊瑚之樹則有綺筵公子繡幌佳人遞葉葉之花牋文抽麗錦舉纖纖之玉指拍按香檀不無清絕之辭用助嬌嬈之態自南朝之宮體扇北里之倡風何止言之不文所謂秀而不實有唐

曰某家詞者盖皆後之
簿錄家患而名之以别見
兩宋名人舊本妙作
某某詞者或詞下當已
稾已集亦通例耳
詞之有專集防于和凝
紅葉稿馮正中陽春集
李珣瓊瑤集至北宋
詞家尚未有名為詞者
如柳之樂章集周之
清真集皆是攜此則
飛卿之詞當即附金荃
集之末考可信無所謂
金荃詞也
朱滙尹旅滬上得從友人
處見一景宋本謂此叙
多一句云庶陽春之甲將
使西園英哲云云
明仿宋晁謙之刊本
叙多一句如滙尹所
云

已降率土之濵家家之香逕春風寧尋越艷處處之紅樓夜月自鎖嫦娥在明皇朝則有李太白之應制清平樂調四首近代温飛卿復有金筌集邇來作者無媿前人今衛尉少卿字弘基以拾翠洲邊自得羽毛之異織綃泉底獨殊機杼之功廣會衆賓時延佳論因集近來詩客曲子詞五百首分爲十卷以炯粗預知音辱請命題仍爲叙引昔郢人有歌陽春者號爲絶唱乃命之爲花間集庶使西園英哲用資羽蓋之歡南國嬋娟休唱蓮舟

明仿晁本敘前另行題武德軍節度判官歐陽炯撰
敘末於引字下接寫時大蜀廣政三年夏四月日序 大方

廣政三年夏四月大蜀歐陽炯敘

之引

據孫氏祠堂書目仿宋晁謙之刊本
大蜀二字在廣政三年上

案炯敘但稱飛卿有金荃集意似專屬於詞耑疑唐志所載金荃集十卷統詩詞而言然既有金荃又有握蘭集三卷又詩集五卷其篇目未由攷見據顧氏秀野草堂刻本原跋謂依宋本分爲詩集七卷別集一卷又稱宋刻有金荃詞一卷與志不合攷舊唐書本傳亦止稱其爲側豔之詞未著集名宋史云其著述頗多而詩賦均格情拔亦不及其詞蓋飛卿富有詩名當昔日詞屬於樂府拊於全集至宋始重倚聲因於其金荃集中別出詞一卷遂有金荃詞之目茲選雖未爲大全殆亦盡美惜顧氏所得宋本終靳流傳耳

詞者意内而言外理隱而文貴其原出於變風小雅而流濫于漢魏樂府歌謡皋文所謂不敢同詩賦而詁誦之者亦以風雅之聲遺文章之流别其體微其道尊也詞選以花間爲冢古且精是本爲王半塘前輩景宋淳熙鄂州舊槧間有譌奪任筆按以諷誦之餘時復點黊不忍去口嘵嘵自實父芸閣子復諸賢去後此事頓廢憶十年前連情發藻嶽言哀斷令更世變其爲衰世之音不其然矣 未問記

光緒乙未年閏五月十二日校讀

汲古閣秘本書目有北宋本花間集四本世無傳者又南宋板精鈔二本未審与此有無異同惜無它本校讎也 未聞

孫氏祠堂書目有花間集十卷注蜀趙崇祚編仿宋晁謙之刊本又四卷明湯顯祖評本今行無傳

依汲古本復校于京師 戊戌四月

花間集卷第一 五十首

温助教庭筠 五十首

菩薩蠻 温助教庭筠

小山重疊金明滅鬢雲欲度香顋雪懶起畫蛾眉弄粧梳洗遲 照花前後鏡花面交相映新帖繡羅襦雙雙金鷓鴣

戊肇慶選本
作蝗霙舞
汲古閣本作霙
舞當從毛刻
明仿宋鼂氏本
亦作餿舞 大方

水精簾裏頗黎枕暖香惹梦鴛鴦錦江上柳
如煙鴈飛殘月天　藕絲秋色淺人勝參差
剪雙鬟隔香紅玉釵頭上風
藥黃無限當山額宿粧隱笑紗窻隔相見牡
丹時暫來還别離　翠釵金作股釵上雙蝶
舞心事竟誰知月明花滿枝
翠翹金縷雙鸂鶒水紋細起春池碧池上海
棠梨雨晴紅滿枝　繡衫遮笑靨烟草粘飛
蝶青瑣對芳菲玉關音信稀
杏花含露團香雪綠楊陌上多離别燈在月

明仿泉本作音信

音

朧明覺來聞曉鶯　玉鈎褰翠幙粧淺舊眉
薄春夢正關情鏡中蟬鬢輕
玉樓明月長相憶柳絲裊娜春無力門外草
萋萋送君聞馬嘶　畫羅金翡翠香燭銷成
淚花落子規啼綠窗殘夢迷
鳳凰相對盤金縷牡丹一夜經微雨明鏡照
新粧鬢輕雙臉長　畫樓相望久欄外垂絲
柳意信不歸來社前雙鷰迴
牡丹花謝鶯聲歇綠楊滿院中庭月相憶夢
難成背窗燈半明　翠鈿金壓臉寂寞香閨

雁

閣

毛本亦作闕誤
晁本亦作闕不
可解 大方

掩人遠淚闌干鷰飛春又殘
滿宮明月梨花白故人萬里關山隔金雁一
雙飛淚痕沾繡衣 小園芳艸綠家住越溪
曲楊柳色依依鷰歸君不歸
寶函鈿雀金鸂鶒沈香閣上吳山碧楊柳又
如絲驛橋春雨時 畫樓音信斷芳草江南
岸鸞鏡與花枝此情誰得知
南園滿地堆輕絮愁聞一霎清明雨雨後卻
斜陽杏花零落香 無言勻睡臉枕上屏山
掩時節欲黃昏無憀獨倚門

茅本咸送並作
花露（吴本亦作露）
此花落是
明仿鼎本亦作花
露 大方

十四首語深美
閎約不僅以側
豔為工

夜來皓月纔當午重簾悄悄無人語深處麝
烟長卧時留薄粧　當年還自惜往事那堪
憶花落月明殘錦衾知曉寒
雨晴夜合玲瓏日萬枝香裊紅絲拂閑夢憶
金堂滿庭萱草長　繡簾垂簶簌眉黛遠山
綠春水渡溪橋凭欄魂欲銷
竹風輕動庭除冷珠簾月上玲瓏影山枕隱
穠粧綠檀金鳳凰　兩蛾愁黛淺故國吳宮
遠春恨正關情畫樓殘點聲

更漏子

蘭　當作闌　毛本同
明仿鼎本作倚
欄　大方
如　茅本作時是
毛本同
明仿鼎本亦作時
膩

柳絲長春雨細花外漏聲迢遞驚塞鴈起城
烏畫屏金鷓鴣　香霧薄透簾幕惆悵謝家
池閣紅燭背繡簾垂夢長君不知
星斗稀鐘鼓歇簾外曉鶯殘月蘭露重柳風
斜滿庭堆落花　虛閣上倚蘭望還似去年
惆悵春欲暮思無窮舊歡如夢中
金雀釵紅粉面花裏暫如相見知我意感君
憐此情須問天　香作穗蠟成淚還似兩人
心意山枕膩錦衾寒覺來更漏殘
相見稀相憶久眉淺淡烟如柳垂翠幕結同

鼎本作待 大方

茅本同 侍一臣侍是 此誤闕 毛本作待

西陵 茅本作凉口 汲古同

明仿鼎本作京口 大方

張皋文選三更作五更 下言滴到明則三更是也

白描圖畫全在骨氣高渾

匡 缺末筆 避宋太祖諱

心侍郎燻繡衾　城上月白如雪蟬鬢美人
愁絕宮樹暗鵲橋橫玉籤初報明
背江樓臨海月城上角聲嗚咽堤柳動島烟
昏兩行征鴈分　西陵路歸帆渡正是芳菲
欲度銀燭盡玉繩低一聲村落雞
玉鑪香紅蠟淚偏照畫堂秋思眉翠薄鬢雲
殘夜長衾枕寒　梧桐樹三更雨不道離情
正苦一葉葉一聲聲空階滴到明

明仿鼎本 石君校宋 無此首 萃補寫 大方

歸國遙

香玉翠鳳寶釵垂簏簌鈿筐交勝金粟越羅

成選淥作綠　汲古作淥
明仿鼎本亦作淥
茅本吹作閑　汲古本同　仿鼎本亦作閑
箔　鼎本泊作箔
汲古本有碧字當補　茅本有碧
仿鼎本有碧字　大方

春水淥　画堂照簾殘燭夢餘更漏促謝娘
無限心曲曉屏山斷續
雙臉小鳳戰篦金颭艷舞衣無力風斂藕絲
秋色染　錦帳繡幃斜掩露珠清曉簟粉心
黃蕊花靨黛眉山兩點

酒泉子

花映柳條吹向綠萍池上凭闌干窺細浪雨
蕭蕭　近來音信兩疏索洞房空寂寞掩銀
屏垂翠泊度春宵
日映紗窗金鴨小屏山碧故鄉春煙靄隔背

氣近平文

髻一句重此誤 茅本同

下句句裙上鏤金雙鳳 鳳重叶此誤

明仿鼎本 彫作雕

末二闋又一體柔協律 及下闋第二均微異

蘭釭。宿粧惆悵倚高閣。千里雲影薄。草初齊。花又落。燕雙雙。

楚女不歸。樓枕小河春水。月孤明。風又起。杏花稀。玉釵斜篸雲鬟髻。裙上金縷鳳。八行書。千里夢。鴈南飛。

明仿鼎本与此本同疑誤 大刀

羅帶惹香。猶繫别時紅豆。淚痕新。金縷舊。斷離腸。一雙嬌燕語彫梁。還是去年時節。綠陰濃。芳草歇。柳花狂。

定西番

漢使昔年離别。攀弱柳。折寒梅。上高臺。千

里玉關春雪鴈來人不來羌笛一聲愁絕月徘徊

海鷰欲飛調羽萱草綠杏花紅隔簾櫳雙鬢翠霞金縷一枝春艷濃樓上月明三五鏁窻中

細雨曉鶯春晚人似玉柳如眉正相思羅幕翠簾初捲鏡中花一枝腸斷塞門消息鴈來稀

楊柳枝

宜春苑外最長條閑裊春風伴舞腰正是玉

余於庚子秋賦楊柳枝廿五首皆二脩柔雅之處一時傳遍吟口牛牆老人極為賞歎誦不去口至為詮數行下一日謂余云此體未宜詞中見楊柳字今觀所作略有二首犯此例其二首所本殊余即凡四見峰飛絮此詞為證所自出不獨强詞有之也

人腸絕處一渠春水赤欄橋

南内墻東御路傍須知春色柳絲黄杏花未肯無情思何事行人最斷腸

蘇小門前柳萬條毿毿金線拂平橋黄鶯不語東風起深閉朱門伴舞腰

金縷毿毿碧瓦溝六宮眉黛惹香愁晚來更帶龍池雨半拂欄干半入樓

葉石君校宋本改香愁為春愁 大方

館娃宮外鄴城西遠映征帆近拂堤繫得王孫歸意切不同芳草綠萋萋

兩兩黄鸝色似金裊枝啼露動芳音春來幸

宋人詩好處便
是唐詞然飛卿
楊柳枝八首終
為宋詩中振
絕之境蘇黃
不能到也唐
人以餘力為詞而
骨氣奇高文
藻溫雅者

自長如線可惜牵纏蕩子心

御柳如絲映九重鳳凰窻映繡芙蓉景陽樓畔千條路一面新粧待曉風

織錦機邊鶯語頻停梭垂淚憶征人塞門三月猶蕭索縱有垂楊未覺春

南歌子

手裏金鸚鵡胸前繡鳳凰偷眼暗形相不如從嫁與作鴛鴦

似帶如絲柳團蘇（酥）握雪花簾捲玉鈎斜九衢塵欲暮逐香車

宋一代學人婞志於此騷騷入古畢竟不擺脫唐五代之窠臼其道亦難矣

仁和勞權藏
金奩集一卷手鈔本云从知不足齋寫本傳鈔後跋云
飛卿南鄉子八闋語意工妙殆可追配劉夢得竹枝信一時傑作也淳熙己酉立秋觀於國史院直廬是日風雨桐葉滿庭放翁書
按是集飛卿有南歌子七闋疑放翁所稱乃歐陽舍人之作

鬟墮低梳髻連娟細掃眉終日兩相思爲君
憔悴盡百花時
臉上金霞細眉間翠鈿深欹枕覆鴛衾隔簾
鶯百囀感君心
撲蘂添黄子呵花滿翠鬟鴛枕映屏山月明
三五夜對芳顔
轉眄如波眼娉婷似柳腰花裏暗相招憶君
腸欲斷恨春宵
懶拂鴛鴦枕休縫翡翠裙羅帳罷鑪熏近來
心更切爲思君

在全集第六其詞為南鄉子八闋語義皆竹枝為近皆記嶺南風土所謂選歌禹錫者必非飛卿也芳氏鈔蒙諸書譌并實多未足據也

蘭 汲古

第十落作樂是 此以音譌 汲古亦作落誤

此可證廣西所出銅鼓為賽神之具非諸葛遺製也

河瀆神

河上望叢祠廟前春雨來時楚山無限鳥飛遲蘭棹空傷別離　何處杜鵑啼不歇艷紅開盡如血蟬鬢美人愁絶百花芳草佳節

孤廟對寒潮西陵風雨蕭蕭謝娘惆悵倚欄橈淚流玉筯千條　暮天愁聽思歸落早梅香滿山郭迴首兩情蕭索離魂何處飄泊

銅鼓賽神來滿庭幡蓋徘徊水村江浦過風雷楚山如畫煙開　離別櫓聲空蕭索玉容惆悵粧薄青麥鷰飛落落捲簾愁對珠閣

唐宮人及公主多度爲女道士故有女冠子詞其媟瀆可知然作者究多諷託諸神仙家言亦郭景純游仙詩一派

女冠子

含嬌含笑宿翠殘紅窈窕鬢如蟬寒玉簪秋水輕紗捲碧煙　雪胷鸞鏡裏琪樹鳳樓前寄語青娥伴早求仙

霞帔雲髮鈿鏡仙容似雪畫愁眉遮語迴輕扇含羞下繡幃　玉樓相望久花洞恨來遲早晚乘鸞去莫相遺

玉胡蝶

秋風淒切傷離行客未歸時塞外草先衰江南鴈到遲　芙蓉凋嫩臉楊柳墮新眉搖落

全唐詩附錄五十九首以楊柳枝八首劇入詩中又混尋前集之諸多菩薩蠻一解不足取訂足疑也

使人悲斷腸誰得知

黄叔暘謂飛卿詞極流麗宜為花間集之冠

欽定全唐詩後附詞一卷服宜取以類飛卿全詞

花間集卷第一

飛卿才情奇麗史稱其工側艷之體小詩巧對好作才語善絲竹有詞賦盛名所著乾膤子並言音呂又藝文志載庭筠有握蘭集三卷金荃集十卷詩集五卷漢南真稿十卷今所見金荃詞一卷亦非其本是集存錄五十首第二卷又收十六首美盡於斯觀炯敘獨得金荃弘基取以弁首豈不以驚采絕艷簇溢今古者耶　未翁記

松爲牛僧孺甥以天仙子詞著名然不若摘得新二首爲有達觀之見
花菴詞選又以爲不如夢江南二首爲尤勝

花間集卷第二　　四十九首

温助教庭筠十六首
清平樂二首　遐方怨二首　訴衷情一首
思帝鄉一首　夢江南二首　河傳三首
蕃女怨二首　荷葉盃三首

皇甫先輩松一作嵩十一首　字子奇睦州人工部侍郎湜之子　按崧嵩同字疑松脱山字當[illegible]
天仙子二首　浪濤沙二首　楊柳枝二首
摘得新二首　夢江南二首　採蓮子二首

韋相莊二十二首
浣溪沙五首　菩薩蠻五首　歸國遙三首

應天長二首　荷葉盃二首　清平樂四首

望遠行一首

清平樂　　　温庭筠

上陽春晚宮女愁蛾淺新歲清平思同輦争那長安路遠　鳳帳鴛被徒燻寂寞花鏁千門竟把黄金買賦爲妾將上明君

洛陽愁絶楊柳花飄雪終日行人争攀折橋下水流嗚咽　上馬争勸離觴南浦鶯聲斷腸愁殺平原年少迴首揮淚千行

遐方怨

枕錦叶均

憑繡檻解羅幃未得君書斷腸瀟湘春鴈飛
不知征馬幾時歸海棠花謝也雨霏霏
花半坼雨初晴未卷珠簾夢殘惆悵聞曉鶯
宿粧眉淺粉山橫約鬟鸞鏡裏繡羅輕

訴衷情

鶯語花舞春晝午雨霏微金帶枕宮錦鳳凰
帷柳弱蝶交飛依依遼陽音信稀夢中歸

思帝鄉

花花滿枝紅似霞羅袖畫簾腸斷卓香車迴
面共人閑語戰篦金鳳斜唯有阮郎春盡不

古溚

第七字第一仙字作鮮 此以音譌 汲古亦作鮮

歸家

夢江南

千萬恨恨極在天涯山月不知心裏事水風空落眼前花搖曳碧雲斜

梳洗罷獨倚望江樓過盡千帆皆不是斜暉脉脉水悠悠腸斷白蘋洲

河傳

江畔相喚曉粧仙仙景箇女採蓮請君莫向那岸邊少年好花新滿舡　紅袖搖曳逐風暖垂玉腕腸向柳絲斷浦南歸浦北歸莫知

短音淒唳

鄂本作情 此誤 汲古同

仿晁本作情

晚來人已稀

湖上閒望雨蕭蕭煙浦花橋路遥謝娘翠娥愁不銷終朝夢魂迷晚潮　蕩子天涯歸棹遠春已晚鶯語空腸斷若耶溪溪水西柳堤不聞郎馬嘶

同伴相喚杏花稀夢裏每愁依違仙客一去鷰已飛不歸淚痕空滿衣　天際雲鳥引晴遠春已晚煙靄渡南苑雪梅香柳帶長小娘轉令人意傷

蕃女怨

南朝畫扇家重蟬雀見李衛公集桐鳳畫扇賦注

池

三首並四五句叶均第六句与第三句叶

思想憶是相思無著

汲古本作思惟

萬枝香雪開已遍細雨雙鷰鈿蟬箏金雀扇

畫梁相見鴈門消息不歸來又飛迴

磧南沙上驚鴈起飛雪千里玉連環金鏃箭

年年征戰畫樓離恨錦屏空杏花紅

荷葉盃

一點露珠凝冷波影滿池塘綠莖紅艷兩相

亂腸斷水風涼

鏡水夜來秋月如雪採蓮時小娘紅粉對寒

浪惆悵正思想

思想疑是相思

仿昆本作思惟大方汲古同此誤

明萬曆玄覽安茅氏本作思惟

附注

楚女欲歸南浦朝雨濕愁紅小船搖漾入花

其氣孤長
其聲揮綽
此當是兩首
此調正與楊柳枝同體盖本于劉夢得七言絶句詩也
悵恨切情
宛轉坿物
茅本浦作蒲是 汲古亦作浦誤

裊波起隴西風

天仙子　皇甫先輩 松

晴野鷺鷥飛一隻水葓花發秋江碧劉郎此日別天仙登綺席淚珠滴十二晚峯高歷歷躑躅花開紅照水鷓鴣飛遶青山觜行人經歲始歸來千萬里錯相倚懊惱天仙應有以

浪濤沙

夢得浪淘沙詞以起七言絶句

灘頭細草接疎林浪惡罾舡半欲沈宿鷺眠鷗飛舊浦去年沙觜是江心

蠻歌豆蔻北人愁浦雨杉風野艇秋浪起鵁

晚唐秀句

鶄眠不得寒沙細細入江流

楊柳枝

春入行宮映翠微玄宗侍女舞煙絲如今柳向空城綠玉笛何人更把吹

爛熳春歸水國時吳王宮殿柳絲垂黃鶯長叫空閨畔西子無因更得知

摘得新

酌一巵須教玉笛吹錦筵紅蠟燭莫來遲繁紅一夜經風雨是空枝

摘得新枝枝葉葉春管絃兼美酒最關人平

花間集　四

美聽可翫

秣陵情景

宛在畫中

舉棹年少與
竹枝詞之竹枝
女兒皆曲中和
聲故是字諧叶

生都得幾十度展香茵

夢江南

蘭燼落屏上暗紅蕉閑夢江南梅熟日夜船吹笛雨蕭蕭人語驛邊橋

樓上寢殘月下簾旌夢見秣陵惆悵事桃花柳絮滿江城雙髻坐吹笙

採蓮子

本王少伯采蓮曲類七言絶句

菡萏香蓮十頃陂舉棹小姑貪戲採蓮遲年少晚來弄水船頭濕舉棹更脫紅裙裹鴨兒年少

船動湖光灧灧秋舉棹貪看年少信船流年少

花間集二　五

猶今之俗曲一倡而衆和皆於煞語連屬歌之樂府所謂後有送也態寫出削事乃是精手若使笨伯為之便鄙直矣

無端隔水拋蓮子舉棹遙被人知半日羞年少

浣溪沙　今吳娘猶簪柳毬　韋相莊

清曉粧成寒食天柳毬斜裊間花鈿捲簾直出畫堂前　指點牡丹初綻朵日高猶自凭朱欄含嚬不語恨春殘

欲上鞦韆四體慵擬教人送又心忪畫堂簾幕月明風　此夜有情誰不極隔墻棃雪又玲瓏玉容憔悴惹微紅

明仿鼎本作交大方

惆悵夢餘山月斜孤燈照壁背紅紗小樓高閣謝娘家　暗想玉容何所似一枝春雪凍

茅本紅作窗
汲古作紅
明仿鼎本作窗

洸當作泥 汲古作泥 茅本同

仿宋本作泥

善為澹語

氣古使然

梅花滿身香霧簇朝霞

綠樹藏鶯鶯正啼柳絲斜拂白銅堤弄珠江上草萋萋　日暮飲歸何處客繡鞍驄馬一聲嘶滿身蘭麝醉如洸

癸卯本已刻汲作泥未改也

夜夜相思更漏殘傷心明月凭欄干想君思我錦衾寒　咫尺畫堂深似海憶來唯把舊書看幾時攜手入長安

菩薩蠻

紅樓別夜堪惆悵香燈半捲流蘇帳殘月出門時美人和淚辭　琵琶金翠羽絃上黃鶯

詞林萬選作霜雪

仿泉本作雙旁

此首語意不類

語勸我早歸家綠窗人似花

人人盡說江南好遊人只合江南老春水碧於天畫舡聽雨眠　鑪邊人似月皓腕凝雙雪未老莫還鄉還鄉須斷腸

如今却憶江南樂當時年少春衫薄騎馬倚斜橋滿樓紅袖招　翠屛金屈曲醉入花叢宿此度見花枝白頭誓不歸

勸君今夜須沉醉罇前莫話明朝事珍重主人心酒深情亦深　須愁春漏短莫訴金盃滿遇酒且呵呵人生能幾何

四篇皆深文綺託哀艷情寔有黍離之感

洛陽城裏春光好。洛陽才子他鄉老。柳暗魏王堤。此時心轉迷。　桃花春水淥。水上鴛鴦浴。凝恨對殘暉。憶君君不知。

歸國遥

春欲暮。滿地落花紅帶雨。惆悵玉籠鸚鵡。單棲無伴侶。　南望去程何許。問花花不語。早晚得同歸去。恨無雙翠羽。

金翡翠。爲我南飛傳我意。罨畫橋邊春水。幾年花下醉。　别後只知相愧。淚珠難遠寄。羅幕繡幃鴛被。舊歡如夢裏。

春欲晚戲蝶遊蜂花爛熳日落謝家池館柳絲金縷斷　睡覺綠鬟風亂畫屏雲雨散閑倚博山長歎淚流沾皓腕

應天長

綠槐陰裏黃鶯語深院無人春晝午畫簾垂金鳳舞寂寞繡屏香一炷　碧天雲無定處空有夢魂來去夜夜綠窻風雨斷腸君信否

別來半歲音書絕一寸離腸千萬結難相見易相別又是玉樓花似雪　暗相思無處說惆悵夜來烟月想得此時情切淚沾紅袖黦

鍾中偉云觀古今勝語多非補假皆由直尋於韋詞益諒其言

荷葉盃

絶代佳人難得傾國花下見無期一雙愁黛遠山眉不忍更思惟　閑掩翠屏金鳳殘夢羅幕畫堂空碧天無路信難通惆悵舊房櫳

記得那年花下深夜初識謝娘時水堂西面畫簾垂攜手暗相期　惆悵曉鶯殘月相別從此隔音塵如今俱是異鄉人相見更無因

清平樂

春愁南陌故國音書隔細雨霏霏梨花白鷰拂畫簾金額　盡日相望王孫塵滿衣上淚

痕誰向橋邊吹笛駐馬西望銷魂
野花芳草寂寞關山道柳吐金絲鶯語早惆悵香閨暗老 羅帶悔結同心獨凭朱欄思深夢覺半床斜月小窻風觸鳴琴
何處遊女蜀國多雲雨雲解有情花解語窣地繡羅金縷 粧成不整金鈿含羞待月鞦韆住在綠槐陰裏門臨春水橋邊
鶯啼殘月繡閣香燈滅門外馬嘶郎欲別正是落花時節 粧成不畫蛾眉含愁獨倚金扉去路香塵莫掃掃即郎去歸遲

此唐五代時離人之思

辭不貴奇
競須真事
此從潘黃門
詩中得來
以旨趣清
切故無傷
直致

望遠行

欲別無言倚畫屏含恨暗傷情謝家庭樹錦雞鳴殘月落邊城　人欲別馬頻嘶綠槐千里長堤出門芳草路萋萋雲雨別來易東西不忍別君後却入舊香閨

全唐詩載飛卿詞五十九首少於是選七首已楊柳枝八首入詩而菩薩蠻多一

玉纖彈處真珠落一解尊前集亦載之注一作秦國傳蓋本非溫作也案顧嗣立敘飛卿

花間集卷第二

詩集箋注云今所見宋刻止金荃集七卷別集一卷金荃詞一卷與唐藝文志卷第微殊特志未載其詞之專號爾惜顧氏未树全集以傳

古今詞話云庭筠詞有玉樓春一曲家點長信注羨道起句是也今多以為春曉曲

詩已不收花間集何以未及是詞唐人詩集中小詞甚夥宜予以別之

唐五代詞之工者欲言情先屬景又或隱謬其辭湛冥其意旁寄於一物一事造耑微眇以相風動能使後之讀者感音歎泣耳目所屬出入作止適然相會于無言之表本非吾胸中所欲言有欲引申觸類更言之而不得者南北宋則文勝于質然雕藻綺章皆復陳其細趣二晏周姜其骨氣高渾處亦不減韋薛風流但大晟慢體浩倡儔興娭戲派移文無近泊豈僅古節之陵遲 柳嫤

曲名之無會已　乙酉中秋前三日記於瘦碧閣

余嘗纂曲名攷原寫稾為同社錄副已軼其半 并記

花間集

薛九江南富家子
得侍李後主宮
中善歌嵇康曲曲
為後主所愛江南
平流落江北嘗一歌
之坐人皆泣從易為
嵇康曲舞詞云薛
九三十侍中郎蘭香
花媚生春色龍嬌
玉容變秋霜露淮
聲四水淳秋霜宮城
烟柳生雲露脈與君
試舞第向曲玉樹

花間集卷第三　五十首

近約梅重睡黃
壓半鬟金密綠
客堂贊語

葉石君據宋本補入
明仿晁本無此首
蒼勁如老杜
詩意

女冠子二首　謁金門一首

牛給事嶠　五首

柳枝　五首

謁金門　韋相莊

春漏促金爐暗挑殘燭一夜簾前風撼竹夢魂相斷續　有箇嬌饒如玉夜夜繡屏孤宿閑抱琵琶尋舊曲遠山眉黛綠

空相憶無計得傳消息天上常娥人不識寄書何處覓　新睡覺來無力不忍把君書跡滿院落花春寂寂斷腸芳艸碧

一語道破

江城子

恩重嬌多情易傷漏更長解鴛鴦朱脣未動先覺口脂香緩揭繡衾抽皓腕移鳳枕枕潘郎

鬢鬟狼籍黛眉長出蘭房別檀郎角聲嗚咽星斗漸微茫露冷月殘人未起留不住淚千行

河傳

何處煙雨隋堤春暮柳色葱蘢畫橈金縷翠旗高颭香風水光融　青娥殿脚春粧媚輕雲裏綽約司花妓江都宮闕清淮月映迷樓古今愁

春晚風暖錦城花滿狂殺遊人玉鞭金勒尋勝馳驟輕塵惜良晨　翠娥爭勸臨邛酒纖纖手拂面垂絲柳歸時煙裏鐘鼓正是黃昏暗銷魂

錦浦春女繡衣金縷露薄雲輕花深柳暗時節正是清明雨初晴　玉鞭魂斷煙霞路鶯鶯語一望巫山雨香塵隱映遙望翠檻紅樓黛眉愁

天仙子　此調有平仄之異

悵望前回夢裏期看花不語苦尋思露桃花

第三詞花第本作宮汲古作宮

明仿泉本亦作宮　大方

楚宮 即用細腰故事

呵呵二均与上 菩薩蠻句復 疑後人所羼入

明仿鼎本作 幸 大方

裊小腰肢眉眼細鬢雲垂唯有多情宋玉知

深夜歸來長酩酊扶入流蘇猶未醒醺醺酒氣麝蘭和驚睡覺笑呵呵長道人生能幾何

蟾彩霜華夜不分天外鴻聲枕上聞繡衾香冷嬾重薰人寂寂葉紛紛纔睡依前夢見君

夢覺雲屏依舊空杜鵑聲咽隔簾櫳玉郎薄倖去無蹤一日日恨重重淚界蓮腮兩線紅

金似衣裳玉似身眼如秋水鬢如雲霞裙月帔一羣羣來洞口望煙分劉阮不歸春日曛

喜遷鶯

清虛在俗，別有仙心。周美成蝶戀花云：一夢相逢蓬海路，人間風月如塵土。篤自從此脫化。

人洶洶，鼓鼕鼕，襟袖五更風。大羅天上月朦朧，騎馬上虛空。　香滿衣，雲滿路，鸞鳳遶身飛舞。霓旌絳節一羣羣，引見玉華君。

街鼓動，禁城開，天上探人迴。鳳銜金牓出門來，平地一聲雷。　鶯已遷，龍已化，一夜滿城車馬。家家樓上簇神仙，爭看鶴冲天。

思帝鄉

雲髻墜，鳳釵垂。髻墜釵垂無力，枕函欹。翡翠屏深月落，漏依依。說盡人間天上，兩心知。

春日遊，杏花吹滿頭。陌上誰家年少，足風流。

渾〻北漢魏哥謠

夜与謝叶

帶与珮叶

[redacted]本亦作一曲離聲腸寸斷 汲古閣宋本

舟多一寸字 調未

妾擬將身嫁與一生休縱被無情弃不能羞 棄

訴衷情

燭燼香殘簾未捲夢初驚花欲謝深夜月朧明何處按歌聲輕輕舞衣塵暗生負春情

碧沼紅芳煙雨靜倚蘭橈垂玉珮交帶裊纖腰鴛夢隔星橋迢迢越羅香暗銷墜花翹

上行盃

芳草灞陵春岸柳煙深滿樓絃管一曲離腸寸寸斷 今日送君千萬紅縷玉盤金鏤盞須勸珍重意莫辭滿 仿晁本亦作一曲離聲腸寸斷 大方

辭貢而徑

白馬玉鞭金轡少年郎離别容易迢遞去程千萬里　惆悵異鄉雲水滿酌一盃勸和淚須愧珎重意莫辭醉

女冠子

四月十七正是去年今日别君時忍淚佯低面含羞半斂眉　不知魂已斷空有夢相隨除卻天邊月沒人知

昨夜夜半枕上分明夢見語多時依舊桃花面頻低柳葉眉　半羞還半喜欲去又依依覺來知是夢不勝悲

此調与玉樓春小異今一例非是

更漏子

鐘鼓寒樓閣暝月照古桐金井深院閉小庭空落花香露紅　煙柳重春霧薄燈背水窻高閣閑倚戶暗沾衣待郎郎不歸

酒泉子

月落星沉樓上美人春睡綠雲傾金枕膩畫屏深　子規啼破相思夢曙色東方纔動柳煙輕花露重思難任

木蘭花

獨上小樓春欲暮愁望玉關芳艸路消息斷

喁喁夢語
稚然情重

明仿晁謙之本無此一首 大元
葉石君據宋本補入

不逢人。卻斂細眉歸繡戶。坐看落花空歎息。羅袂濕斑紅淚滴。千山萬水不曾行。魂夢欲教何處覓。

小重山

一閉昭陽春又春。夜寒宮漏永。夢君恩。臥思陳事暗消魂。羅衣濕。紅袂有啼痕。歌吹隔重閽。遶庭芳艸綠。倚長門。萬般惆悵向誰論。顒情立。宮殿欲黃昏。

浣溪沙　薛侍郎 昭蘊

紅蓼渡頭秋正雨。印沙鷗跡自成行。整鬟飄

袖野風香。不語含嚬深浦裏。幾迴愁煞棹
舡郎。鷰歸帆盡水茫茫。
鈿匣菱花錦帶垂。靜臨蘭檻卸頭時。約鬟低
珥筭歸期。花茂艸青湘渚闊。夢餘空有漏
依依。二年終日損芳菲。
粉上依稀有淚痕。郡庭花落欲黄昏。遠情深
恨與誰論。記得去年寒食日。延秋門外卓
金輪。日斜人散暗消魂。
握手河橋柳似金。蜂鬚輕惹百花心。蕙風蘭
思寄清琴。意滿便同春水滿。情深還似酒

盃深。楚煙湘月兩沉沉。

簾下三間出寺墻。滿街垂柳綠陰長。嫩紅輕翠間濃粧。

瞥地見時猶可可。却來閑處暗思量。如今情事隔仙鄉。

江館清秋纜客舡。故人相送夜開筵。麝煙蘭燄簇花鈿。

正是斷魂迷楚雨。不堪離恨咽湘絃。月高霜白水連天。

傾國傾城恨有餘。幾多紅淚泣姑蘇。倚風凝睇雪肌膚。

吴主山河空落日。越王宫殿半平蕪。藕花菱蔓滿重湖。

越女淘金春水上步摇雲鬟珮鳴璫渚風江草又清香　不為遠山凝翠黛只應含恨向斜陽碧桃花謝憶劉郎

喜遷鶯

殘蟾落曉鐘鳴羽化覺身輕乍無春睡有餘酲杏苑雪初晴　紫陌長襟袖冷不是人間風景迴看塵土似前生休羡谷中鶯

金門曉玉京春駿馬驟輕塵樺煙深處白衫新認得化龍身　九陌喧千戶啟滿袖桂香風細杏園歡宴曲江濵自此占芳辰

清明節雨晴天得意正當年馬驕泥軟錦連
乾香細半籠鞭　花色融人競賞盡是繡鞍
朱鞅日斜無計更留連歸路艸和煙

小重山

春到長門春草青玉堦華露滴月朧明東風
吹斷玉簫聲宮漏促簾外曉啼鶯　愁起夢
難成紅粧流宿淚不勝情手挼裙帶遶宮行
思君切羅幌暗塵生　明仿昆兆本作愁極　大方
秋到長門秋草黃畫梁雙鷰去出宮墻玉簫
無復理霓裳金蟬墜鸞鏡掩休粧　憶昔在

趂　茅本作極是　汲古作趂
宮　茅本作墻是　汲古作宮
仿昆兆本作階

此二解盡思李後主作也

李煜嘗得明皇霓裳曲譜昭惠后頗去其淫哇繁手以琵琶奏之

集中只薛侍郎一曲音節古淡疑是兩辭并收之

此唐五代時長調之所出也然節短音稀情長意古大異南北宋三犯四犯之曲極纏綿極高渾不易學也

昭陽舞衣紅縷帶繡鴛鴦至今猶惹御爐香魂夢斷愁聽漏更長

離別難

是調句為韵古歌謠之遺音也

寶馬曉鞴彫鞍羅幃乍別情難那堪春景媚送君千萬里半粧珠翠落露華寒紅蠟燭青絲曲偏能鉤引淚闌干　良夜促香塵綠魂欲迷檀眉半斂愁低未別心先咽欲語情難說出芳艸路東西搖袖立春風急櫻花楊柳雨淒淒

相見歡

託興璞〻妍冶致佳五代詩話云韶州新退紅謂猶今之粉紅

羅襦繡袂香紅畫堂中細艸平沙蕃馬小屏
風　卷羅幕凭粧閣思無窮暮雨輕煙魂斷
隔簾櫳

醉公子

慢綰青絲髮光砑吳綾襪床上小熏籠韶州
新退紅　叵耐無端處捻得從頭汚惱得眼
慵開問人閑事來

女冠子

求仙去也翠鈿金篦盡捨入喦巒霧捲黃羅
帔雲彫白玉冠　野煙溪洞冷林月石橋寒

非諱誤也
教蓋當時俗通之例
宋本書中恒以交代
集中交並教字之訛
汲古亦作交蓋從
宋本沿諱

靜夜松風下禮天壇
雲羅霧縠新授明威法籙降真函髻綰青絲
髮冠抽碧玉篸往來雲過五去住島經三
正遇劉郎使啟瑤緘

謁金門

春滿院疊損羅衣金線睡覺水精簾未捲簷
前雙語鷰斜掩金鋪一扇滿地落花千片
早是相思腸欲斷忍交頻夢見

仿宋本亦作交不可解

柳枝　　牛給事　嶠

解凍風來末上青解垂羅袖拜卿卿無端裊

娜臨官路舞送行人過一生
吳王宮裏色偏深一簇纖條萬縷金不憤錢
塘蘇小小引郎松下結同心
橋北橋南千萬條恨伊張緒不相饒金羈白
馬臨風望認得楊家靜婉腰
狂雪隨風撲馬飛惹煙無力被春欺莫交移
入靈和殿宮女三千又妬伊
裊翠籠煙拂暖波舞裙新染麴塵羅章華臺
畔隨堤上傍得春風尓許多

花間集卷第三

泌仕南唐為內史
舍人工小詞有江
城子二闋一時傳
誦　元陸友仁研北
雜志李煜葬北邙
故吏張泌任河南每
清明拜其墓哭之
甚哀煜子孫淩替常
分俸賙給今稱泌所

詠浣溪沙古音不
雅然憐憐者天上人
間應歡許尋呈
之來三故王郎
又江城子飛鷺處
好為近清明萋句
蕭楊蒼涤之處祖
當在麥飯竹哭北
邙時不盡也

花間集四

南歌子 三首

女冠子　牛給事嶠

綠雲高髻點翠匀紅時世月如眉淺笑含雙
靨低聲唱小詞　眼看唯恐化魂蕩欲相隨
玉趾迴嬌步約佳期

錦江煙水卓女燒春濃美小檀霞繡帶芙蓉
帳金釵芍藥花　額黃侵膩髮臂釧透紅紗
柳暗鶯啼處認郎家

星冠霞帔住在蘂珠宮裏佩丁當明翠搖蟬
翼纖珪理宿粧　醮壇春艸綠藥院杏花香

白石云牛嶠望江南二詠一詠燕一詠鴛鴦是詠物而不滯於物者也詞家當法此

青鳥傳心事寄劉郎

雙飛雙舞春晝後園鶯語卷羅幃錦字書封了銀河鴈過遲　鴛鴦排寶帳荳蔲繡連枝不語勻珠淚落花時

夢江南

啣泥鷰飛到畫堂前占得杏梁安穩處體輕唯有主人憐堪羡好因緣

紅繡被兩兩間鴛鴦不是鳥中偏愛尒為緣交頸睡南塘全勝薄情郎

感恩多

煙字以音衍

汲古二衍作烟字

兩條紅粉淚多少香閨意強攀桃李枝斂愁眉　陌上鶯啼蝶舞柳花飛柳花飛願得郎心憶家還早歸

自從南浦別愁見丁香結近來情轉深憶鴛衾　幾度將書託煙鴈淚盈襟淚盈襟禮月求天願君知我心　仿晁本亦作煙字

應天長

玉樓春望晴煙滅舞衫斜卷金調脫黃鸝嬌囀聲初歇杏花飄盡攏山雪　鳳釵低赴節筵上王孫愁絕鴛鴦對啣羅結兩情深夜月

限 汲古作限是 此作恨誤

仿宋本亦作限 大方

盦澹念古樂府遺音

雙眉澹薄藏心事清夜背燈嬌又醉玉釵橫
山枕膩寶帳鴛鴦春睡美 別經時無恨意
虛道相思憔悴莫信綵牋書裏賺人腸斷字

更漏子

星漸稀漏頻轉何處輪臺聲怨香閣掩杏花
紅月明楊柳風 挑錦字記情事唯願兩心
相似收淚語背燈眠玉釵橫枕邊
春夜闌更漏促金燼暗挑殘燭驚夢斷錦屛
深兩鄉明月心 閨艸碧望歸客還是不知
消息辜負我悔憐君告天天不聞

文情深復雜
寫景中見
之諷味

花間集四　三

南浦情紅粉淚爭柰兩人深意低翠黛卷征衣馬嘶霜葉飛　招手別寸腸結還是去年時節書託鴈夢歸家覺來江月斜

望江怨

東風急惜別花時手頻執羅幃愁獨入馬嘶殘雨春蕪濕倚門立寄語薄情郎粉香和淚泣

菩薩蠻

舞裙香暖金泥鳳畫梁語鷰驚殘夢門外柳花飛玉郎猶未歸　愁勻紅粉淚眉剪春山翠何處是遼陽錦屏春晝長

兒女情多之傷
閨雅之致以上
閨房景清異
詩風人怨悱
之旨也

有　茅本作家
汲古亦作有

葉石君校宋本
作最相知　太方

柳花飛處鶯聲急晴街春色香車立金鳳小
簾開臉波和恨來　今宵求夢想難到青樓
上贏得一場愁鴛鴦衾誰並頭
玉釵風動春幡急交枝紅杏籠煙泣樓上望
卿卿窗寒新雨晴　薰爐蒙翠被繡帳鴛鴦
睡何處有相知羨他初畫眉　仿鼎本無此首　太可
畫屏重疊巫陽翠楚神尚有行雲意朝暮幾
般心向他情漫深　風流今古隔虛作瞿塘
客山月照山花夢迴燈影斜
風簾鷰舞鶯啼柳粧臺約鬢低纖手釵重髻

盤珊一枝紅牡丹　門前行樂客白馬嘶春
色故故墜金鞭迴頭應眼穿　仿鼂本無此首　大方
綠雲鬢上飛金雀愁眉斂翠春煙薄香閣掩
芙容畫屏山幾重　窗寒天欲曙猶結同心
苣啼粉污羅衣問郎何日歸
玉樓冰簟鴛鴦錦粉融香汗流山枕簾外轆
轤聲斂眉含笑驚　柳陰煙漠漠低鬢蟬釵
落須作一生拚盡君今日歡

酒泉子

記得去年煙暖杏園花正發雪飄香江艸綠

放翁云牛嶠定西番爲塞下曲望江怨爲閨中曲是盛唐遺音及讀賢之歷天長兩淫子如又刻細似晚唐矣

徒誇高古

柳絲長　鈿車纖手卷簾望眉學春山樣鳳釵低裊翠鬟落梅粧

定西番

紫塞月明千里金甲冷戍樓寒夢長安　鄉思望中天闊漏殘星亦殘畫角數聲嗚咽雪漫漫

玉樓春　此与木蘭花字句異

春入橫塘搖淺浪花落小園空惆悵此情誰信爲狂夫恨翠愁紅流枕上　小玉窗前嗔鷰語紅淚滴穿金線縷鴈歸不見報郎歸織成錦字封過與

仿飛本作不擡頭大方

西溪子

捍撥雙盤金鳳蟬鬢玉釵搖動畫堂前人不語弦解語彈到昭君怨處翠蛾愁不迴頭

江城子

鵁鶄飛起郡城東碧江空半灘風越王宮殿蘋葉藕花中簾捲水樓魚浪起千片雪雨濛濛

極浦煙消水鳥飛離筵分首時送金巵渡口楊花狂雪任風吹日暮天空波浪急芳州岸雨如絲

浣溪沙　張舍人泌

鈿轂香車過柳堤樺煙分處馬頻嘶爲他沉

舍人文采如
詩中之東川
有工部不到之
意此亦於温
韋別樹一體

醉不成泥　花滿驛亭香露細杜鵑聲斷玉
蟾低含情無語倚樓西
馬上凝情憶舊遊照花淹竹小溪流鈿箏羅
幕玉搔頭　早是出門長帶月可堪分袂又
經秋晚風斜日不勝愁
獨立寒堦望月華露濃香泛小庭花繡屏愁
背一燈斜　雲雨自從分散後人間無路到
仙家但憑魂夢訪天涯
依約殘眉理舊黃翠鬟拋擲一簪長暖風晴
日罷朝粧　閑折海棠看又撚玉纖無力惹

餘香此情誰會倚斜陽
翡翠屏開繡幄紅謝娥無力曉粧慵錦帷鴛
被宿香濃 微雨小庭春寂寞鷰飛鶯語隔
簾櫳杏花凝恨倚東風
枕障燻鑪隔繡幃二年終日兩相思杏花明
月始應知 天上人間何處去舊歡新夢覺
來時黃昏微雨畫簾垂
花月香寒悄夜塵綺筵幽會暗傷神嬋娟依
約畫屏人 人不見時還暫語令纔拋後愛
微嚬越羅巴錦不勝春

偏戴花冠白玉簪睡容新起意沉吟翠鈿金縷鎮眉心　小檻日斜風悄悄隔簾零落杏花陰斷香輕碧鏁愁深

晚逐香車入鳳城東風斜揭繡簾輕慢迴嬌眼笑盈盈　消息未通何計是便須佯醉且隨行依稀聞道太狂生

小市東門欲雪天衆中依約見神仙蘂黄香畫貼金蟬　飲散黄昏人草草醉容無語立門前馬嘶塵烘一街煙

臨江仙

皃即貌

煙收湘渚秋江靜蕉花露泣愁紅五雲雙鶴去無蹤幾迴魂斷凝望向長空　翠竹暗留珠淚怨聞調寶瑟波中花鬟月鬢綠雲重古祠深殿香冷雨和風

女冠子

露花煙草寂寞五雲三島正春深皃減潛銷玉香殘尚惹襟　竹疎虛檻靜松密醮壇陰何事劉郎去信沉沉

河傳

渺莽雲水惆悵暮帆去程迢遞夕陽芳艸千

仿宋本作釭　釭汲古誤缸

里萬里鴈聲無限起　夢魂悄斷煙波裏心如醉相見何處是錦屏香冷無睡被頭多少淚

紅杏交枝相映密密濛濛一庭濃豔倚東風香融透簾櫳　斜陽似共春光語蝶爭舞更引流鶯妬魂銷千片玉罇前神仙瑤池醉暮天

酒泉子

春雨打窻驚夢覺來天氣曉畫堂深紅燄小背蘭釭　酒香噴鼻懶開釭惆悵更無人共醉舊巢中新鷰子語雙雙

紫陌青門三十六宮春色御溝輦路暗相通

按是曲諸五字句起此有誤

汲古本亡喜相見与茅本同

恰字疑合字之誤

杏園風。咸陽沽酒寶釵空。笑指未央歸去。插花走馬落殘紅。月明中。

生查子 此又一體

相見稀。喜見相見。相見還相遠。檀畫荔枝紅。金蔓蜻蜓軟。魚鴈疎。芳信斷。花落庭陰晚。可惜玉肌膚。消瘦成慵懶。仿宋本亦作喜相見

思越人

鷰雙飛。鶯百囀。越波堤下長橋。鬪鈿花筐金匣恰。舞衣羅薄纖腰。東風澹蕩慵無力。黛眉愁聚。春碧滿地落花無消息。月明腸斷空憶。

窺之如畫

滿宮花

花正芳。樓似綺。寂寞上陽宮裏。鈿籠金鏁睡鴛鴦。簾冷露華珠翠。 嬌艷輕盈香雪膩細雨黃鶯雙起。東風惆悵欲清明。公子橋邊沉醉

柳枝

膩粉瓊粧透碧紗雪休誇金鳳搔頭墮鬢斜髮交加 倚著雲屏新睡覺思夢笑紅腮隱出枕函花有些些

南歌子

柳色遮樓暗桐花落砌香畫堂開處遠風涼

高卷水精簾額襯斜陽

岸柳拖煙綠庭花照日紅數聲蜀魄入簾櫳

驚斷碧窻殘夢畫屏空

錦薦紅鸂鶒羅衣綉鳳凰綺疎飄雪北風狂

簾幕盡垂無事鬱金香

花間集卷第四

牛嶠字松卿唐相僧孺之後乾符五年進士仕蜀為給事中嘗自言窃慕李賀長歌

篇下筆輒效之尤善製小詞

花間集卷第五　五十首

張舍人泌 四首

毛司徒文錫 三十一首

江城子　　張舍人泌

碧欄干外小中庭，雨初晴。曉鶯聲，飛絮落花時。節近清明，睡起卷簾無一事，勻面了，没心情。

仿飛卿亦作磨谿溪

畫鑑寫松提景物至妙言詮

浣花溪上見卿卿臉波秋水明黛眉輕綠雲高
綰金簇小蜻蜓好是問他來得麽和笑道莫多情

河瀆神

古樹噪寒鴉滿庭楓葉蘆花晝燈當午隔輕
紗畫閣珠簾影斜　門外往來祈賽客翩翩
帆落天涯迴首隔江煙火渡頭三兩人家

胡蝶兒

胡蝶兒晚春時阿嬌初着淡黃衣倚窗學畫
伊　還似花間見雙雙對對飛無端和淚拭
臙脂惹教雙翅垂

其聲楎緯

虞美人　毛司徒文錫

鴛鴦對浴銀塘暖，水面蒲梢短。垂楊低拂麴塵波，蛟絲結網露珠多，滴圓荷。　遥思桃葉吳江碧，便是天河隔。錦鱗紅鬣影沉沉，相思空有夢相尋，意難任。

寶檀金縷鴛鴦枕，綬帶盤宮錦。夕陽低映小窻明，南園緑樹語鶯鶯，夢難成。　玉鑪香暖頻添炷，滿地飄輕絮。珠簾不卷度沉煙，庭前閑立畫鞦韆，艷陽天。

酒泉子

綠樹春深。鷰語鶯啼聲斷續。蕙風飄蕩入芳叢。惹殘紅。　柳絲無力裊煙空。金盞不辭須滿酌。海棠花下思朦朧。醉香風。

喜遷鶯

芳春景。曖晴煙。喬木見鶯遷。傳枝偎葉語關關。飛過綺叢間。　錦翼鮮。金毳軟。百囀千嬌相喚。碧紗窗曉怕聞聲。驚破鴛鴦暖。

贊成功

海棠未坼萬點深紅香包緘結一重重似含羞態邀勒春風蜂來蝶去任遶芳叢　昨夜

微雨飄灑庭中忽聞聲滴井邊桐美人驚起
坐聽晨鐘快教折取戴玉瓏璁

西溪子

昨。日西溪遊賞。芳樹奇花千樣。鏁春光。金罇
滿。聽絃管。嬌妓舞衫香暖。不覺到斜暉。馬馱歸。

中興樂

豆蔻花繁煙豔深。丁香軟結同心。翠鬟女、相
與共淘金。紅蕉葉裏猩猩語。鴛鴦浦鏡中
鸞舞、絲雨、隔荔枝陰。

更漏子

春夜闌春恨切花外子規啼月人不見夢難
憑紅紗一點燈　偏怨别是芳節庭下丁香
千結宵霧散曉霞輝梁間雙鷰飛

接賢賓

香韉鏤襜五花驄值春景初融流珠噴沫躞
蹀汗血流紅　少年公子能乘馭金鑣玉轡
瓏璁爲惜珊瑚鞭不下驕生百步千蹤信穿
花從拂柳向九陌追風

贊浦子

錦帳添香睡金鑪換夕薰懶結芙蓉帶慵拖

絕妙好詞題瓊
由後此作裁瓊
更新

玉谿詩云作
長楸走馬身
此鞦字當作
楸

仿吳本作
鞦 大方

翡翠裙。正是桃夭柳媚。那堪暮雨朝雲。宋玉高唐意。裁瓊欲贈君。

甘州遍

春光好。公子愛閑遊。足風流。金鞍白馬。雕弓寶劍。紅纓錦襜出長鞦。花蔽膝。玉銜頭。尋芳逐勝歡宴。絲竹不曾休。美人唱。揭調是甘州。醉紅樓。堯年舜日。樂聖永無憂。

秋風緊。平磧鴈行低。陣雲齊。蕭蕭颯颯。邊聲四起。愁聞戍角與征鼙。青塚北。黑山西。沙飛聚散無定。往往路人迷。鐵衣冷。戰馬血沾

按此首與前同體惟末句多一字疑片字原衍 汲古同 仍泉本亦有
有片字

蹄破蕃溪鳳皇詔下步步躡丹梯

紗窻恨

新春鷰子還來至一雙飛壘巢泥濕時時墜涴人衣後園裏看百花發香風拂繡户金扉月照紗窻恨依依

雙雙蝶翅塗鉛粉咂花心綺窻繡户飛來穩畫堂陰二三月愛隨飄絮伴落花來拂衣襟更剪輕羅片傅黄金

柳含煙

隋堤柳汴河春夾岸緑陰千里龍舟鳳舸木

腕力沉雄

蘭香。錦帆張。因夢江南春景好。一路流蘇羽葆。笙歌未盡起橫流。鏁春愁

河橋柳。占芳春。映水含煙拂路。幾迴攀折贈行人。暗傷神。樂府吹爲橫笛曲。能使離腸斷續。不如移植在金門。近天恩

章臺柳。近垂旒。低拂往來冠蓋。朦朧春色滿皇州。瑞煙浮。直與路邊江畔別。免被離人攀折。最憐京兆畫蛾眉。葉纖時

御溝柳。占春多。半出宮墻婀娜。有時倒影醮輕羅。麴塵波。昨日金鑾巡上苑。風亞舞腰

纖軟栽培得地近皇宮瑞煙濃

醉花間

休相問怕相問相問還添恨春水滿塘生鸂鶒還相趁昨夜雨霏霏臨明寒一陣偏憶戍樓人久絕邊庭信

深相憶莫相憶相憶情難極銀漢是紅墻一帶遥相隔金盤珠露滴兩岸榆花白風揺玉珮清今夕爲何夕

浣沙溪

春水輕波浸緑苔枇杷洲上紫檀開晴日眠

忘去聲

沙鸂鶒穩暖相隈　羅襪生塵游女過有人
逢着弄珠迴蘭麝飄香初解珮忘歸來

浣溪沙

七夕年年信不違銀河清淺白雲微蟾光鵲
影伯勞飛　每恨蟪蛄憐婺女幾迴嬌妬下
鴛機今宵嘉會兩依依

月宮春

水精宮裏桂花開神仙探幾迴紅芳金蘂繡
重臺低傾馬腦盃　玉兔銀蟾爭守護姮娥
姹女戲相隈遙聽鈞天九奏玉皇親看來

此調第二句別是一格後學當宗之

此調疑昉于毛文錫曰然句命名也

戀情深

滴滴銅壺寒漏咽醉紅樓月宴餘香殿會鴛衾蕩春心　真珠簾下曉光侵鶯語隔瓊林寶帳欲開慵起戀情深

玉殿春濃花爛熳簇神仙伴羅裙窣地縷黃金奏清音　酒闌歌罷兩沉沉一笑動君心永願作鴛鴦伴戀情深

訴衷情

桃花流水漾縱橫春晝彩霞明劉郎去阮郎行惆悵恨難平　愁坐對雲屏算歸程何時

携手洞邊迎訴衷情

鴛鴦交頸繡衣輕碧沼藕花馨隈藻荇映蘭

汀和雨浴浮萍　思婦對心驚想邊庭何時

解珮掩雲屏訴衷情

應天長

平江波暖鴛鴦語兩兩釣舡歸極浦蘆洲一

夜風和雨飛起淺沙翹雪鷺　漁燈明遠渚

蘭棹今宵何處羅袂從風輕舉愁殺採蓮女

河滿子

紅粉樓前月照碧紗窻外鶯啼夢斷遼陽音信

仿鼎本巫山一段雲在臨江仙後
案石君校宋臨江仙在後與此本同大方
琹 汲古作琹是之
此謂
仿鼎本亦作瑟

那堪獨守空閨。恨對百花時節。王孫綠草萋萋。

巫山一段雲

雨霽巫山上。雲輕映碧天。遠峯吹散又相連。十二晚峯前。　暗濕啼猿樹。高籠過客舡。朝朝暮暮楚江邊。幾度降神仙。

臨江仙

暮蟬聲盡落斜陽。銀蟾影挂瀟湘。黃陵廟側水茫茫。楚山紅樹。煙雨隔高唐。　岸泊漁燈風颭碎。白蘋遠散濃香。靈娥鼓琴韻清商。朱絃淒切。雲散碧天長。

臨江仙　牛學士 希濟

峭碧參差十二峯。冷煙寒樹重重。瑶姬宮殿是仙蹤。金鑪珠帳。香靄晝偏濃。一自楚王驚夢斷。人間無路相逢。至今雲雨帶愁容。月斜江上。征棹動晨鐘。

謝家仙觀寄雲岑。岩蘿拂地成陰。洞房不閉白雲深。當時丹竈。一粒化黃金。石壁霞衣猶半挂。松風長似鳴琴。時聞唳鶴起前林。十洲高會。何處許相尋。

渭闕宮城秦樹凋。玉樓獨上無憀。含情不語

嬈 汲古亦作饒

今作拚拌字注非當從判

自吹簫調清和恨天路逐風飄 何事乘龍
人忽降似知深意相招三清携手路非遥世
間屏障彩筆畫嬌饒 仿日兆李本亦作饒 [illegible]
江繞黄陵春廟閑嬌鶯獨語關關滿庭重疊
綠苔班陰雲無事四散自歸山 簫鼓聲稀
香爐冷月娥斂盡彎環風流皆道勝人間須
知狂客判死爲紅顔
素洛春光瀲灧平千重媚臉初生凌波羅襪
勢輕輕煙籠日照珠翠半分明 風引寶衣
疑欲舞鸞迴鳳翥堪驚也知心許恐無成陳

花間集五　九

王辭賦。千載有聲名。

柳帶摇風漢水濵。平蕪兩岸爭匀。鴛鴦對浴浪痕新。弄珠游女。微笑自含春。　輕步暗移蟬鬢動。羅裙風惹輕塵。水精宮殿豈無因。空勞纖手。解珮贈情人。

洞庭波浪颭晴天。君山一點凝煙。此中眞境屬神仙。玉樓珠殿。相映月輪邊。　萬里平湖秋色冷。星辰垂影參然。橘林霜重更紅鮮。羅浮山下。有路暗相連。

酒泉子

可以怨矣

按詞譜生查子下闋起韻亦作五字此與巳首句又一體與孫光憲同

一本無已字

枕轉簟涼清曉遠鐘殘夢月光斜簾影動舊
鑪香　夢中說盡相思事纖手勻雙淚去年
書今日意斷離腸

生查子

春山煙欲收天澹稀星小殘月臉邊明别淚
臨清曉　語已多情未了迴首猶重道記得
綠羅裙處處憐芳草

仿吳兆本亦有已字　大乃

中興樂

池塘暖碧浸晴暉濛濛柳絮輕飛紅蘂凋來
醉夢還稀　春雲空有鴈歸珠簾垂東風寂

寞恨郎拋擲淚濕羅衣

謁金門

秋已暮重疊關山岐路嘶馬搖鞭何處去曉禽霜滿樹　夢斷禁城鐘鼓淚滴枕檀無數一點凝紅和薄霧翠娥愁不語

浣溪沙　歐陽舍人 烱

落絮殘鶯半日天玉柔花醉只思眠惹窓映竹滿爐煙　獨掩畫屏愁不語斜欹瑤枕髻鬟偏此時心在阿誰邊

天碧羅衣拂地垂美人初着更相宜宛風如

鳳竹謂篇二字新異

舞透香肌　獨坐含嚬吹鳳竹園中緩步折
花枝有情無力泥人時
相見休言有淚珠酒闌重得敘歡娛鳳屏鴛
枕宿金鋪　蘭麝細香聞喘息綺羅纖縷見
肌膚此時還恨薄情無

三字令

春欲盡日遲遲牡丹時羅幌卷翠簾垂彩牋
書紅粉淚兩心知　人不在鷰空歸負佳期
香燼落枕函欹月分明花澹薄惹相思

花間集卷第五

希濟善以詩詞擅長所撰臨江仙二闋特為詞家之雋又次牛嶠女冠子四闋時輩嘖嘖稱道

十國春秋稱歐陽炯善文章尤工詩又有小詞十七章人而時時稱道之漁父歌尤為詞家所倡和今集中第五六卷只得十七章爾

毛文錫字平珪南陽人唐進士事蜀官至司徒隨衍降後唐以詞章供奉內廷

文錫詞以質直為情致殊不知流于率露諸人評庸陋詞者必曰此仿毛文錫云

黃氏謂毛不及其遠覽其全集有巫山一段雲總以淋漓真達兼得之　葉石林

花間集

樂府紀聞和凝
艷詞無緣名于
韓渥因在政府
諱之也
和凝學唐進士仕
後唐爲翰林學
士晉天福中
拜中書侍郎同
中書門下平章事
歸後漢拜太子
太傅封魯國公
其集錄而名
紅葉稿

花間集卷第六　五十一首

歐陽舍人炯十三首

南鄉子八首　獻衷心一首　賀明朝二首

江城子一首　鳳樓春一首

和學士凝二十首

宋藝文志和凝紅藥編五卷當即紅葉稿之誤

小重山二首　臨江仙二首　菩薩蠻一首

山花子二首　河滿子二首　薄命女一首

望梅花一首　天仙子二首　春光好二首

採桑子一首　柳枝三首　漁父一首

顧太尉敻十八首

南鄉子 歐陽舍人烱

嫩草如煙石榴花發海南天日暮江亭春影淥鴛鴦浴水遠山長看不足

畫舸停橈槿花籬外竹橫橋水上遊人沙上女廻顧笑指芭蕉林裏住

岸遠沙平日斜歸路晚霞明孔雀自憐金翠尾臨水認得行人驚不起

洞口誰家木蘭船繫木蘭花紅袖女郎相引

去遊南浦笑倚春風相對語

二八花鈿胷前如雪臉如蓮耳墜金鐶穿瑟瑟霞衣窄笑倚江頭招遠客

路入南中桄榔葉暗蓼花紅兩岸人家微雨後收紅豆樹底纖纖擡素手

袖斂鮫綃採香深洞笑相邀藤杖枝頭蘆酒滴鋪葵蓆豆蔻花間趖晚日

翡翠鵁鶄白蘋香裏小沙汀島上陰陰秋雨色蘆花撲數隻漁舡何處宿

獻衷心

超忽而来豪顛神妙不可思議

見好花顔色爭笑東風雙臉上晚粧同閑小樓深閣春景重重三五夜偏有恨月明中情未已信曾通滿衣猶自染檀紅恨不如雙鷰飛舞簾櫳春欲暮殘絮盡柳條空

賀明朝

憶昔花間初識面紅袖半遮粧臉輕轉石榴裙帶故將纖纖玉指偷撚雙鳳金線 碧梧桐鏁深深院誰料得兩情何日教繾綣羨春來雙鷰飛到玉樓朝暮相見

憶昔花間相見後只憑纖手暗抛紅豆人前

閑 葉本是 汲古同

盞本作 閒 即閑之古體 訛門中之木作朩

仿鬼本作 閑 太方

攏 汲古作 是

仿鼎本亦作 攏 大方

不解巧傳心事，別來依舊辜負春晝。碧羅衣上蹙金繡，覩對對鴛鴦，空裛淚痕透。想韶顏非久，終是爲伊，只恁偷瘦。

江城子

晚日金陵岸艸平，落霞明，水無情。六代繁華，暗逐逝波聲。空有姑蘇臺上月，如西子鏡照江城。

鳳樓春

鳳髻綠雲叢，深掩房櫳。錦書通，夢中相見覺來慵。匀面淚臉珠融，因想玉郎何處去，對淑

仿鼎本無此首　大方

篁當作簧

景誰同。小樓中。春思無窮。倚欄顒望闇牽
愁緒。柳花飛起東風。斜日照簾。羅幌香冷粉
屏空。海棠零落。鶯語殘紅。

小重山　和學士凝

春入神京萬木芳。禁林鶯語滑。蝶飛狂。曉花
擎露妬啼粧。紅日永。風和百花香。煙鏁柳
絲長。御溝澄碧水。轉池塘。時時微雨洗風光。
天衢遠。到處引笙篁。　蔡石君校宋本作簧、大方
正是神京爛熳時。群仙初折得。郄詵枝。烏犀
白紵最相宜。精神出。御陌袖鞭垂。柳色展

涳 即空

愁眉管絃分響亮探花期光陰占斷曲江池
新牓上名姓徹丹墀

臨江仙

海棠香老春江晚小樓霧縠涳濛翠鬟初出
繡簾中麝煙鸞珮惹蘋風　碾玉釵搖鸂鶒
戰雪肌雲鬢將融含情遙指碧波東越王臺
殿蓼花紅

披袍窣地紅宮錦鶯語時囀輕音碧羅冠子
穩犀簪鳳皇雙颭步摇金　肌骨細勻紅玉
軟臉波微送春心嬌羞不肯入鴛衾蘭膏光

裏兩情深

菩薩蠻

越梅半拆輕寒裏冰清澹薄籠藍水暖覺杏梢紅遊絲狂惹風　閑堦莎徑碧遠夢猶堪惜離恨又迎春相思難重陳

山花子

鶯錦蟬縠馥麝臍輕裾花早曉烟迷鸂鶒戰金紅掌墜翠雲低　星靨笑隈霞臉畔蹙金開襜襯銀泥春思半和芳草嫩碧萋萋

銀字笙寒調正長水紋簟冷畫屏涼玉腕重

仿宋本亦脫

汲古本亦奪一字

脫一字

疑作兩重字

紀
汲古亦作幾沿此誤

仿泉本亦作幾

脫一字

仿泉本與此同

金扼臂澹梳粧　幾度試香纖手暖一廻嘗
酒絳脣光佯弄紅絲蠅拂子打檀郎

河滿子

正是破瓜年幾含情慣得人饒桃李精神鸚
鵡舌可堪虛度良宵卻愛藍羅裙子羨他長
束纖腰
寫得魚牋無限其如花鏁春輝目斷巫山雲
雨空教殘夢依依卻愛薰香小鴨羨他長在
屏幃

薄命女

花間集六　五

天欲曉宮漏穿花聲繚繞牕裏星光少冷霞寒侵帳額殘月光沉樹杪夢斷錦幃空悄悄强起愁眉小

望梅花

春草全無消息臘雪猶餘蹤跡越嶺寒枝香自折冷艷奇芳堪惜何事壽陽無處覓吹入誰家橫笛

天仙子

柳色披衫金縷鳳纖手輕拈紅豆弄翠娥雙臉正含情桃花洞瑤臺夢一片春愁誰與共

無下脱一氣字以次首可證

汀字疑是浦字誤此處皆無平聲字

汀為夫協當非誤字小令體格未可槩論

洞口春紅飛蔌蔌。仙子含愁眉黛綠。阮郎何事不歸來。懶燒金。慵篆玉。流水桃花空斷續。

春光好

紗窻暖。畫屏閑。嚲雲鬟。睡起四肢無力。半春間。玉指剪裁羅勝。金盤點綴蘇山。窺宋深心無限事。小眉彎。 仿鼎本亦作無力

蘋葉軟。杏花明。畫舡輕。雙浴鴛鴦出淥汀。棹歌聲。春水無風無浪。春天半雨半晴。紅粉相隨南浦晚。幾含情。 仿鼎本亦作汀字

採桑子

此首想見五代時閨裏風制

此柳枝後二解詮非詠柳蓋用楊柳枝之音譜耳

仿晁本作嫦娥

蝤蠐領上訶梨子繡帶雙垂椒戶閑時競學樗蒲賭荔枝 叢頭鞋子紅編細裙窣金絲無事嚬眉春思翻教阿母疑

柳枝

軟碧搖煙似送人映花時把翠蛾嚬青青自是風流主慢颭金絲待洛神

瑟瑟羅裙金縷腰黛眉隈破未重描醉來咬損新花子拽住仙郎盡放嬌

鵲橋初就咽銀河今夜仙郎自姓和不是昔年攀桂樹豈能月裏索姮娥

漁父

白芷汀寒立鷺鷥蘋風輕剪浪花時烟幕冪
日遲遲香引芙蓉惹釣絲

虞美人　顧太尉夐

曉鶯啼破相思夢簾卷金泥鳳宿粧猶在酒
初醒翠翹慵整倚雲屏轉娉婷　香檀細畫
侵桃臉羅袂輕輕斂佳期堪恨再難尋綠蕪
滿院柳成陰負春心

觸簾風送景陽鍾鴛被繡花重曉幃初卷冷
煙濃翠勻粉黛好儀容思嬌慵　起來無語

理朝粧寶匣鏡凝光緑荷相倚滿池塘露清
枕簟藕花香恨悠揚

翠屏閑掩垂珠箔絲雨籠池閣露粘紅藕咽
清香謝娘嬌極不成狂罷朝粧　小金鸂鶒
沉煙細膩枕堆雲髻淺眉微斂炷檀輕舊懽
時有夢魂驚悔多情

碧梧桐映紗窻晚花謝鶯聲懶小屏屈曲掩
青山翠幃香粉玉爐寒兩蛾攢　顛狂少年
輕離別辜負春時節畫羅紅袂有啼痕魂銷
無語倚閨門欲黃昏

深閨春色勞思想恨共春蕪長黃鸝嬌囀詎
芳妍杏枝如畫倚輕煙鏁窻前　凭欄愁立
雙蛾細柳影斜搖砌玉郎還是不還家教人
魂夢逐楊花繞天涯

少年艷質勝瓊英早晚別三清蓮冠穩篸鈿
篦橫飄飄羅袖碧雲輕畫難成　遲遲少轉
腰身裊翠靨眉心小醮壇風急杏花香此時
恨不駕鸞皇訪劉郎

河傳

鷰颺晴景小窻屏暖鴛鴦交頸菱花掩却翠

婀娜而勁遒

鬟欹慵整海棠簾外影 繡幃香斷金鸂鶒
無消息心事空相憶東風春正濃愁紅淚
痕衣上重

曲檻春晚碧流紋細緑楊絲軟露花鮮杏枝
繁鶯囀野蕪平似剪 直是人間到天上堪
遊賞醉眼疑屏障對池塘惜韶光斷腸爲花
須盡狂

棹舉舟去波光渺渺不知何處岸花汀草共
依依雨微鷓鴣相逐飛 天涯離恨江聲咽
啼猿切此意向誰説倚蘭橈無憀魂銷小鑪

香欲焦

甘州子

一爐龍麝錦帷傍屏掩映燭熒煌禁樓刁斗喜初長羅薦繡鴛鴦山枕上私語口脂香

每逢清夜與良晨多悵望足傷神雲迷水隔意中人寂寞繡羅茵山枕上幾點淚痕新

曾如劉阮訪仙蹤深洞客此時逢綺筵散後繡衾同款曲見韶容山枕上長是怯晨鍾

露桃花裏小樓深持玉盞聽瑤琴醉歸青瑣入鴛衾月色照衣襟山枕上翠鈿鎮眉心

此与前牛松卿所賦同例

紅鑪深夜醉調笙敲拍處玉纖輕小屏古畫岸低平煙月滿閑庭山枕上燈背臉波橫

玉樓春

月照玉樓春漏促颯颯風搖庭砌竹夢驚鴛被覺來時何處管絃聲斷續　惆悵少年遊冶去枕上兩蛾攢細綠曉鶯簾外語花枝背帳猶殘紅蠟燭

柳映玉樓春日晚雨細風輕煙草軟畫堂鸚鵡語雕籠金粉小屏猶半掩　香滅繡幃人寂寂倚檻無言愁思遠恨郎何處縱疎狂長

耶奈同用字

使含啼眉不展
月皎露華窻影細風送菊香粘繡袂博山爐
冷水沉微惆悵金閨終日閑　懶展羅衾垂
玉淚羞對菱花篸寶髻良宵好事枉教休無
計那他狂耍壻
拂水雙飛來去鷰曲檻小屏山六扇春愁凝
思結眉心綠綺懶調紅錦薦　話別情多聲
欲戰玉筯痕留紅粉面鎮長獨立到黃昏却
怕良宵頻夢見

花間集卷第六

虞美人　擬花閒題扇

溶烟洗得春山瘦眉嫵泛誰問橫橋西畔小桃枝一自捧花人去怨開遲　馬蹄芳草經游地重到銷魂易紅慶長占椰陰陰只是柳條不繫少年心

辛丑六月初七日老芝記

孫光憲遭兵戈之際
以金帛購書數萬
卷所著北夢瑣言亦
多采詞家逸事

花間集卷第七　五十首

顧太尉敻　三十七首

浣溪沙八首　酒泉子七首　楊柳枝一首
遐方怨一首　獻衷心一首　應天長一首
訴衷情二首　荷葉盃九首　漁歌子一首
臨江仙三首　醉公子二首　更漏子一首

孫少監光憲　十三首　花庵翁云孫葆光一座花雨濕春愁佳句也

浣溪沙九首　河傳四首

浣溪沙　顧太尉敻

春色迷人恨正賒可堪蕩子不還家細風輕

仿晁本注舊刻
作天
際鴻秋上夢雨
牵情後作小
窗深孤燭背
淚縱横
所謂獲本想
是宋本但浣
溪沙無此體
格也 大方

露著梨花　簾外有情雙鷰颺檻前無力緑
楊斜小屏狂夢極天涯
紅藕香寒翠渚平月籠虚閣夜蛩清塞鴻驚
夢兩牵情　寶帳玉鑪殘麝冷羅衣金縷暗
塵生小窻孤燭淚縱横
荷芰風輕簾幕香繡衣鸂鶒泳迴塘小屏閑
掩舊瀟湘　恨入空幃鸞影獨淚凝雙臉渚
蓮光薄情年少每思量
惆悵經年别謝娘月窻花院好風光此時相
望最情傷　青鳥不來傳錦字瑶姬何處鏁

鐘

蘭房忍教魂夢兩茫茫

庭菊飄黃玉露濃冷莎隈砌隱鳴蛩何期良夜得相逢　背帳風搖紅蠋滴惹香暖夢繡衾重覺來枕上怯晨鍾

雲澹風高葉亂飛小庭寒雨緑苔微深閨人靜掩屏幃　粉黛暗愁金帶枕鴛鴦空繞畫羅衣那堪辜負不思歸

鴈響遥天玉漏清小紗窻外月朧明翠幃金鴨炷香平　何處不歸音信斷良宵空使夢魂驚簟凉枕冷不勝情

茅本作月臨窗
此譌奪
仿鼎本与
汲古同 大方

露白蟾明又到秋佳期幽會兩悠悠夢牽情
役幾時休　記得泥人微斂黛無言斜倚小
書樓暗思前事不勝愁

酒泉子

楊柳舞風輕惹春煙殘雨杏花愁鶯正語畫
樓東　錦屏寂寞思無窮還是不知消息鏡
塵生淚珠滴損儀容
羅帶縷金蘭麝煙凝魂斷畫屏欹雲鬢亂恨
難任　幾迴垂淚滴鴛衾薄情何處去登臨
窻花滿樹信沉沉

月臨窗花滿樹 汲古同

葉石君校
宋本判作期

小檻日斜風度緑窻人悄悄翠幃閑掩舞雙鸞舊香寒　別來情緒轉難判韶顔看却老依稀粉上有啼痕暗銷魂

黛薄紅深約掠緑鬟雲膩小鴛鴦金翡翠稱人心　錦鱗無處傳幽意海鷰蘭堂春又去隔年書千點淚恨難任

掩却菱花收拾翠鈿休上面金虫玉鷰鏁香奩恨猒猒　雲鬟半墜懶重簪淚侵山枕濕銀燈背帳夢方酣鴈飛南

水碧風清入檻細香紅藕膩謝娘斂翠恨無

校數闋長短句互異

此柳枝上非詠柳

涯小屏斜　堪憎蕩子不還家謾留羅帶結
帳深枕膩炷沉煙負當年

黛怨紅羞掩映畫堂春欲暮殘花微雨隔青
樓思悠悠　芳菲時節看將度寂寞無人還
獨語畫羅襦香粉污不勝愁

楊柳枝

秋夜香閨思寂寥漏迢迢鴛幃羅幌麝煙銷
燭光搖　正憶玉郎遊蕩去無尋處更聞簾
外雨蕭蕭滴芭蕉

遐方怨

簾影細簟紋平象紗籠玉指縷金羅扇輕嫩紅雙臉似花明兩條眉黛遠山横　鳳簫歇鏡塵生遼塞音書絶夢魂長暗驚玉郎經歲負娉婷教人爭不恨無情

獻衷心

繡鴛鴦帳暖畫孔雀屏欹人悄悄月明時想昔年懽笑恨今日分離銀釭背銅漏永阻佳期　小樓煙細虚閣簾垂幾多心事暗地思惟被嬌娥牽役魂夢如癡金閨裏山枕上始應知

此与歐陽舍人所作上下闋並異體

六朝至唐閨裝多
尚畫衣此云畫袴
可識當時新製
蓋舞衣也

絕妙好詞
徐山民阮郎歸詞
妾心移得在君心
方知人恨深其原
出于孫光憲此曲
渾厚得風人旨

應天長

瑟瑟羅裙金線縷輕透鵝黃香畫袴垂交帶
盤鸚鵡裊裊翠翹移玉步　背人勻檀炷慢
轉橫波偷覷斂黛春情暗許倚屏慵不語

訴衷情

香滅簾垂春漏永整鴛衾羅帶重雙鳳縷黃
金窗外月光臨沉沉斷腸無處尋負春心
永夜抛人何處去絕來音香閣掩眉斂月將
沉爭忍不相尋怨孤衾換我心爲你心始知
相憶深

此非上下闋蓋同調而異體　仿鼎本分二闋
大方

芳本作胆顫
汲古亦戰

荷葉盃

春盡小庭花落寂寞凭檻斂雙眉忽教成病

憶佳期知摩知知摩知

歌發誰家筵上寥亮別恨正悠悠蘭釭背帳

月當樓愁摩愁愁摩愁

弱柳好花盡拆晴陌陌上少年郎滿身蘭麝

撲人香狂摩狂狂摩狂

記得那時相見膽戰鬢亂四肢柔泥人無語

不擡頭羞摩羞羞摩羞　仿鄂本作膽顫大方

夜久歌聲怨咽殘月菊冷露微微看看濕透

縷金衣歸摩歸歸摩歸

我憶君詩最苦知否字字盡關心紅牋寫寄

表情深吟摩吟吟摩吟

金鴨香濃鴛被枕膩小髻簇花鈿腰如細柳

臉如蓮憐摩憐憐摩憐

曲砌蝶飛煙暖春半花發柳垂條花如雙臉

柳如腰嬌摩嬌嬌摩嬌

一去又乖期信春盡滿院長莓苔手挼裙帶

獨徘徊來摩來來摩來

漁歌子

曉風清幽沼綠倚欄凝望珎禽浴晝簾垂翠
屏曲滿袖荷香馥郁　好攄懷堪寓目身閑
心靜平生足酒盃深光影促名利無心較逐

臨江仙

碧染長空池似鏡倚樓閑望凝情滿衣紅藕
細香清象床珎簟山障掩玉琴橫　暗想昔
時懽笑事如今贏得愁生博山鑪暖澹煙輕
蟬吟人靜殘日傍小窻明

幽閨小檻春光晚柳濃花淡鶯稀舊歡思想
尚依依翠嚬紅斂終日損芳菲　何事狂夫

音信斷不如梁鷰猶歸畫堂深處麝煙微屏虛枕冷風細雨霏霏

月色穿簾風入竹倚屏雙黛愁時砌花含露兩三枝如啼恨臉魂斷損容儀 香燼暗銷金鴨冷可堪辜負前期繡襦不整鬢鬟欹幾多惆悵情緒在天涯

醉公子

漠漠秋雲澹紅藕香侵檻枕倚小山屏金鋪向晚扃 睡起橫波慢獨望情何限衰柳數聲蟬魂銷似去年

極古拙亦極高
淡非五代不能有
是詞境
不許增一字若是
唐詩中語亦以恒
言入雅均亦無以
又見當時風
調之變

岸柳垂金線雨晴鶯百囀家住綠楊邊往來
多少年　馬嘶芳草遠高樓簾半捲斂袖翠
蛾攢相逢尔許難

更漏子

舊歡娛新悵望擁鼻含嚬樓上濃柳翠晚霞
微江鷗接翼飛　簾半捲屛斜掩遠岫參差
迷眼歌滿耳酒盈罇前非不要論

浣溪沙　孫少監光憲

蓼岸風多橘柚香江邊一望楚天長片帆煙
際閃孤光　目送征鴻飛杳杳思隨流水去

花間集七　七

注云一作雙語
仿鼎本作幽
幽語一作雙語
汲古作幽
山字一聯天馬行空纖雲四卷
花庵云一庭花雨
自是疏字佳
仿鼎本作踈雨

茫茫蘭紅波碧憶瀟湘
桃杏風香簾幕閑謝家門户約花關畫梁幽
語鸎初還　繡閣數行題了壁曉屏一枕酒
醒山却疑身是夢魂間

花庵賞此調弟四首寔悲二字均余獨愛其山字均二語幽逸不能去口

花漸凋踈不耐風畫簾垂地晚堂空墮階縈
蘚舞愁紅　膩粉半粘金靨子殘香猶暖繡
薰籠蕙心無處與人同
攬鏡無言淚欲流凝情半日懶梳頭一庭踈
雨濕春愁　楊柳秖知傷怨别杏花應信損
嬌羞淚沾魂斷軫離憂

半踏長裾宛約行晚簾疎處見分明此時堪
恨昧平生　早是銷魂殘燭影更愁聞着品
絃聲杳無消息若爲情

蘭沐初休曲檻前暖風遲日洗頭天濕雲新
斂未梳蟬　翠袂半將遮粉臆寶釵長欲墜
香肩此時模樣不禁憐

風遞殘香出繡簾團窠金鳳舞襜襜落花微
雨恨相兼　何處去來狂太甚空推宿酒睡
無猒爭教人不別猜嫌

輕打銀箏墜燕泥斷絲高罥畫樓西花冠閑

花間集七　八

微服冶游今千國禁官府相識此則烏帽佩魚求諸吟詠少豔風流可想

上午墻啼　粉籜半開新竹逕紅苞盡落舊桃蹊不堪終日閉深閨

烏帽斜欹倒佩魚靜街偷步訪仙居隔墻應認打門初　將見客時微掩斂得人憐處且生疎低頭羞問壁邊書

河傳

此詠煬帝疏汴河事

太平天子等閑遊戲疏河千里柳如絲隈倚渌波春水長淮風不起　如花殿脚三千女爭雲雨何處留人住錦帆風煙際紅燒空魂迷大業中

此有微誤

用年號入詞始見于此

此蓋詠紫泉宮殿鉄句點出煬帝年號甚奇

余題隋美人董氏誌依此詞例用開皇年號讀者當知有本矣

此詠隋堤柳

人檀二字暗協

柳拖金縷着煙籠霧濛濛落絮鳳皇舟上楚女妙舞雷喧波上鼓　龍爭虎戰分中土人無主桃葉江南渡襞花牋艷思牽成篇宮娥相與傳

花落煙薄謝家池閣寂寞春深翠蛾輕斂意沉吟沾襟無人知此心　玉鑪香斷霜灰冷簾鋪影梁鷰歸紅杏晚來天空悄然孤眠枕檀雲髻偏

風颭波斂團荷閃閃珠傾露點木蘭舟上何處吳娃越艷藕花紅照臉　大堤狂殺襄陽

客煙波隔渺渺湖光白身已歸心不歸斜暉遠汀鸂鶒飛

花間集卷第七

十國春秋云光憲素以文學自負處荊州南怏怏不得志常慕史氏之作恨居諸侯幕府不克展其才力每謂知交曰寧知獲麟之筆反為倚馬之用又雅善小詞蜀人輯花間集采其詞至六十餘首今攷第七卷十三首八卷四十七首所得實六十闋耳　鶴記于橫塘舟次

花間集卷第八　四十九首

孫少監光憲　四十七首

老字均真晚唐俊句

魏太尉 承班 二首

菩薩蠻 二首

菩薩蠻 孫少監 光憲

月華如水籠香砌金鐶碎撼門初閉寒影墮高簷鈎垂一面簾　碧煙輕裊裊紅戰燈花笑即此是高唐掩屏秋夢長

花冠頻鼓墻頭翼東方澹白連窻色門外早鶯聲背樓殘月明　薄寒籠醉態依舊鉛華在握手送人歸半拖金縷衣

小庭花落無人掃疎香滿地東風老春晚信

觽角帶童子之佩
此當作檇以形訛
檇音子我技也
今廣西土人多得
銅鼓雕文精緻
俗以為諸葛真
征蠻所用此詞
明云南人祈賽
其非軍器可證

沉沉天涯何處尋　曉堂屏六扇眉共湘山遠爭那別離心近來尤不禁

青巖碧洞經朝雨隔花相喚南溪去一隻木蘭舡波平遠浸天　扣舡驚翡翠嫩玉擡香臂紅日欲沉西煙中遙解觽（携）

木綿花映叢祠小越禽聲裏春光曉銅鼓與蠻歌南人祈賽多　客帆風正急茜袖隈檣立極浦幾迴頭煙波無限愁

仿晁本作檇　大方

河瀆神

汾水碧依依黃雲落葉初飛翠蛾一去不言

旋字唐宋人詩詞註作去聲 敎

歸廟門空掩斜暉　四壁陰森排古畫依舊
瓊輪羽駕小殿沉沉清夜銀燈飄落香灺
江上草芊芊春晚湘妃廟前一方柳色楚南
天數行斜鴈聯翩　獨倚朱欄情不極魂斷
終朝相憶兩槳不知消息遠汀時起鸂鶒

虞美人

紅窻寂寂無人語暗澹梨花雨繡羅紋地粉
新描博山香炷旋抽條睡魂銷　天涯一去
無消息終日長相憶交人相憶幾時休不堪
悵觸別離愁淚還流　仿晁本交作敎　太乃

仿鼎本作旋綻
茅本作旋是
汲古已從訛偏旁
按句意當作
旋以句中有輕
颷吹起

教

好風微揭簾旌起金翼鸞相倚翠簷愁聽乳禽聲此時春態暗關情獨難平　畫堂流水空相翳一穗香搖曳交人無處寄相思落花芳艸過前期沒人知　仿鼎本文作教　大方

後庭花

景陽鐘動宮鶯囀露涼金殿輕飈吹起瓊花綻玉葉如剪　晚來高閣上珠簾卷見墜香千片脩蛾慢臉陪雕輦後庭新宴

石城依舊空江國故宮春色七尺青絲芳草綠絕世難得　玉英凋落盡更何人識野棠

如織只是教人添怨憶悵望無極

生查子

寂寞掩朱門正是天將暮暗澹小庭中滴滴梧桐雨　繡工夫牽心緒配盡鴛鴦縷待得沒人時隈倚論私語

暖日策花驄嚲鞚垂楊陌芳草惹煙青落絮隨風白　誰家繡轂動香塵隱映神仙客狂殺玉鞭郎咫尺音容隔

金井墮高梧玉殿籠斜月永巷寂無人斂態愁堪絕　玉爐寒香燼滅還似君恩歇翠輦

不歸來幽恨將誰說

臨江仙

霜拍井梧乾葉墮翠幃雕檻初寒薄鉛殘黛稱花冠含情無語延佇倚欄干 杳杳征輪何處去離愁別恨千般不堪心緒正多端鏡奩長掩無意對孤鸞

暮雨淒淒深院閉燈前凝坐初更玉釵低壓鬢雲橫半垂羅幕相映燭光明 終是有心投漢珮低頭但理秦箏鷰雙鸞耦不勝情只愁明發將逐楚雲行

掩 茅本作淹 此調律本宜平

酒泉子

空磧無邊萬里陽關道路馬蕭蕭人去去隴雲愁 香貂舊製戎衣窄胡霜千里白綺羅心魂夢隔上高樓

曲檻小樓正是鶯花二月思無憀愁欲絕鬱離襟 展屏空對瀟湘水眼前千萬里淚掩紅眉斂翠恨沉沉 仿鼎本作淹紅太方

斂態窗前裊裊雀釵抛頸鷰成雙鸞對影耦新知 玉纖澹拂眉山小鏡中嗔共照翠連娟紅縹緲早粧時

清平樂

愁腸欲斷正是青春半連理分枝鸞失伴又是一場離散　掩鏡無語眉低思隨芳艸凄凄憑使東風吹夢與郎終日東西

等閑無語春恨如何去終是疎狂留不住花暗柳濃何處　盡日目斷魂飛晚窻斜界殘暉長恨朱門薄暮繡鞍驄馬空歸

更漏子

聽寒更聞遠鴈半夜蕭娘深院扃繡户下珠簾滿庭噴玉蟾　人語靜香閨冷紅幕半垂

断句大謬甚矣
与南宋同貴时
生庵樹注

此王給諫幼瑕所藏
在京師所書
雜識言亦有餘味
今其墓有宿草已
澹花瘦玉以喻仙姿
清妙罕儷

清影雲雨態蕙蘭心此情江海深
今夜期來日別相對秪堪愁絕偎粉面撚瑤
簪無言淚滿襟銀箭落霜華薄墻外曉鷄
咿喔聽付囑惡情悰斷腸西復東

女冠子

蕙風芝露壇際殘香輕度蕊珠宮苔點分圓
碧桃花踐破紅品流巫峽外名籍紫微中
真侶墉城會夢魂通
澹花瘦玉依約神仙粧束佩瓊文瑞露通宵
貯幽香盡日焚碧紗籠絳節黃藕冠濃雲

織促

語緒

勿以吹簫伴不同群

風流子

茅舍槿籬溪曲雞犬自南自北菰葉長水葓開門外春波漲綠聽織聲促軋軋鳴梭穿屋

樓倚長衢欲暮瞥見神仙伴侶微傳粉攏梳頭隱映畫簾開處無語無緒慢曳羅裙歸去

金絡玉銜嘶馬繫向綠楊陰下朱戶掩繡簾垂曲院水流花謝歡能歸也猶在九衢深夜

定西番

雞祿山前遊騎邊草白朔天明馬蹄輕　鵲面

弓離短韁鸞來月欲成一隻鳴髇雲外曉鴻驚

帝子枕前秋夜霜幄冷月華明正三更　何處戍樓寒笛夢殘聞一聲遙想漢關萬里淚縱橫

何滿子　仿晁本作河

冠劔不隨君去江河還共恩深歌袖半遮眉黛慘淚珠旋滴衣襟惆悵雲愁雨怨斷魂何處相尋

玉胡蝶

春欲盡景仍長滿園花正黃粉翅兩悠颺翩翩過短墻　鮮飆暖牵遊伴飛去立殘芳無

此竹枝顯為二首而卷八目錄亡一首疑刻者見此首未提行寫遂誤以為一首然此目錄為後人所添可證

語對蕭娘舞衫沉麝香

八拍蠻

孔雀尾拖金線長怕人飛起入丁香越女沙頭爭拾翠相呼歸去背斜陽

竹枝

門前春水竹枝白蘋花女兒岸上無人竹枝小艇斜女兒商女經過竹枝江欲暮女兒散拋殘食竹枝飼神鴉女兒

亂繩千結竹枝絆人深女兒越羅萬丈竹枝表長尋女兒楊柳在身竹枝垂意緒女兒藕花落盡竹枝見蓮心女兒

思帝鄉

何字均晶芳本汲古二臣堂

葉石君校宋本

亦作堂仿晁

本作尚更誤

此調疑醉字均屬上下闋故換均詞義亦達與韋相一首體小異不俟博考之

迴

仿晁本亦作迴

如何遣情情更多永日水堂簾下斂羞蛾六幅羅裙窣地微行曳碧波看盡滿池疏雨打團荷

上行盃

草草離亭鞍馬從遠道此地分衿燕宋秦吳千萬里無辭一醉野棠開江艸濕佇立沾泣征騎駸駸

此解注字均有脫

離棹逡巡欲動臨極浦故人相送去住心情知不共金舡滿捧綺羅愁絲管咽迴別帆影滅江浪如雪

案此兩解協均互異第一闋衿字均與結句駸協

謁金門

留不得留得也應無益白紵春衫如雪色揚州初去日　輕别離甘抛擲江上滿帆風疾却羨綵鴛三十六孤鸞還一隻

思越人

古臺平芳艸遠館娃宮外春深翠黛空留千載恨教人何處相尋　綺羅無復當時事露花點滴香淚惆悵遥天横淥水鴛鴦對對飛起

渚蓮枯宮樹老長洲廢苑蕭條想像玉人空處所月明獨上溪橋　經春初敗秋風起紅

按孫少監有竹枝詞二首此已選入門前春水白蘋花岸上無人小艇斜商女經過江欲暮散拋殘食飼神鴉亂繩千結絆人深越羅萬丈表長尋楊柳在身垂意緒藕花落盡見蓮心意殊清切第一闋尤有逸致

蘭緑蕙愁死一片風流傷心地魂銷目斷西子

楊柳枝

閶門風暖落花乾飛遍江城雪不寒獨有晚來臨水驛閑人多凭赤欄干

有池有榭即濛濛浸潤翻成長養功恰似有人長點檢着行排立向春風

根柢雖然傍濁河無妨終日近笙歌驂驂金帶誰堪比還共黃鶯不校多

萬株枯槁怨亡隋似吊吳臺各自垂好是淮

陰明月裏酒樓橫笛不勝吹

望梅花

數枝開與短墻平見雪蕚紅跗相映引起誰人邊塞情　簾外欲三更吹斷離愁月正明空聽隔江聲

漁歌子

草芊芊波漾漾湖邊艸色連波漲沿蓼岸泊楓汀天際玉輪初上　扣舷歌聯極望槳聲伊軋知何向黃鵠叫白鷗眠誰似儂家疎曠泛流螢明又滅夜涼水冷東灣闊風浩浩笛

日　詞律作風

汲古作日

仿罷本作日

寥寥萬頃金波澄澈　杜若洲香郁烈一聲宿
鴈霜時節經霅水過松江盡屬儂家日月

菩薩蠻　魏太尉　承斑

羅裾薄薄秋波染眉間畫時山兩點相見綺
筵時深情暗共知　翠翹雲鬢動斂態彈金
鳳宴罷入蘭房邀人解珮璫

羅衣隱約金泥畫玳筵一曲當秋夜聲顫覷
人嬌雲鬟裊翠翹　酒醺紅玉軟眉翠秋山
遠繡幌麝煙沉誰人知兩心

花間集卷第八

花閒集

柳塘詞話云：承班詞較南唐諸公更淺而近，更寬而盡，人人喜效為之。

鹿：紀聞：虔扆事蜀為永泰軍節度使，後知［?］書古詞見意，有周云鋪滅之嗟，翻以此見其忠；國亡不仕，詞多感慨之音。

花間集卷第九　四十九首

後唐尹鶚其詞以明淺動人以簡淨成句者也

齊東野語毛熙震集止廿餘調中多新警而不為儇薄

滿宮花　魏太尉承班

雪霏霏風凛凛玉郎何處狂飲醉時想得縱風流羅帳香幃鴛寢　春朝秋夜思君甚愁

見繡屏孤枕少年何事負初心淚滴縷金雙衽

木蘭花

小芙蓉香旖旎碧玉堂深清似水閉寶匣掩金鋪倚屏拖袖愁如醉　遲遲好景煙花媚曲渚鴛鴦眠錦翅凝然愁望靜相思一雙笑靨嚬香蕊

玉樓春

寂寂畫堂梁上鷰高卷翠簾横數扇一庭春色惱人來滿地落花紅幾片　愁倚錦屏低雪面淚滴繡羅金縷線好天涼月盡傷心爲

是玉郎長不見
輕斂翠蛾呈皓齒鶯囀一枝花影裏聲聲清
逈遏行雲寂寂畫梁塵暗起　玉斝滿斟情
未已促坐王孫公子醉春風筵上貫珠勻艷
色韶顔嬌旎旖

訴衷情

高歌宴罷月初盈詩情引恨情煙露冷水流
輕思想夢難成　羅帳裛香平恨頻生思君
無計睡還醒隔層城
春深花簇小樓臺風飄錦繡開新睡覺步香

仿宋本作銷
茅本亦作銷
疑當作綃
綃
汲古亦綃

堦山枕印紅腮　鬢亂墜金釵語檀偎臨行
執手重重囑幾千迴
銀漢雲晴玉漏長蛩聲悄畫堂筠簟冷碧牕
涼紅蠟淚飄香　皓月瀉寒光割人腸那堪
獨自步池塘對鴛鴦
金風輕透碧窻紗銀釭焰影斜欹枕臥恨何
賒山掩小屏霞　雲雨別吳娃想容華夢成
幾度遶天涯到君家
春情滿眼臉紅綃嬌妬索人饒星靨小玉璫
搖幾共醉春朝　別後憶纖腰夢魂勞如今

風葉又蕭蕭恨迢迢

生查子

煙雨晚晴天零落花無語難話此時心梁鷰雙來去琴韻對薰風有恨和情撫腸斷斷絃頻淚滴黃金縷

寂寞畫堂空深夜垂羅幕燈暗錦屏欹月冷珠簾薄愁恨夢應成何處貪歡樂看看又春來還是長蕭索

黃鍾樂

池塘煙暖草萋萋惆悵閑宵含恨愁坐思堪

此亦當分作兩首

迷遙想玉人情事遠音容渾似隔桃溪　偏
記同歡秋月低簾外論心花畔和醉暗相攜
何事春來君不見夢魂長在錦江西

漁歌子

柳如眉雲似髮蛟綃霧縠籠香雪夢魂驚鍾
漏歇窻外曉鶯殘月　幾多情無處說落花
飛絮清明節少年郎容易別　一去音書斷絕

臨江仙　鹿太保 虔扆

金鏁重門荒苑靜綺窻愁對秋空翠華一去
寂無蹤玉樓歌吹聲斷已隨風　煙月不知

明仿日晁本此首刊入補遺
葉石君據宋本補

夜深還過女墻來
詩意

人事改夜闌還照深宮藕花相向野塘中暗傷亡國清露泣香紅

無賴曉鶯驚夢斷起來殘醉初醒映窻絲柳裊煙青翠簾慵卷約砌杏花零　一自玉郎遊冶去蓮凋月慘儀形暮天微雨灑閑庭手挼裙帶無語倚雲屏

女冠子

鳳樓琪樹惆悵劉郎一去正春深洞裏愁空結人間信莫尋　竹疎齋殿迥松密醮壇陰倚雲低首望可知心

步虛壇上絳節霓旌相向引真仙玉珮搖蟾影金爐裊麝煙 露濃霜簡濕風緊羽衣偏欲留難得住却歸天

思越人

翠屏欹銀燭背漏殘清夜迢迢雙帶繡窠盤錦薦淚侵花暗香銷 珊瑚枕膩鴉鬟亂玉纖慵整雲散若是適來新夢見離腸爭不千斷

虞美人

卷荷香澹浮煙渚緑嫩擎新雨璅窻疎透曉風清象床珎簟冷光輕水紋平 九疑黛色

詞中用檀痕檀印皆謂口

屏斜掩枕上眉心斂不堪相望病將成鈿昬檀粉淚縱橫不勝情

虞美人　閻處士選

粉融紅膩蓮房綻臉動雙波慢小魚銜玉鬢釵橫石榴裙染象紗輕轉娉婷偷期錦浪荷深處一夢雲兼雨臂留檀印齒痕香深秋不寐漏初長盡思量

楚腰蠐領團香玉鬢疊深深綠月蛾星眼笑微頻柳夭桃艷不勝春晚粧勻　水紋簟映青紗帳霧罩秋波上一枝嬌卧醉芙蓉良宵

不得與君同恨忡忡

臨江仙

雨停荷芰逗濃香岸邊蟬噪垂楊物華空有
舊池塘不逢仙子何處夢襄王 珎簟對欹
鴛枕冷此來塵暗淒涼欲憑危檻恨偏長藕
花珠綴猶似汗凝粧
十二高峯天外寒竹梢輕拂仙壇寶衣行雨
在雲端畫簾深殿香霧冷風殘 欲問楚王
何處去翠屏猶掩金鸞猿啼明月照空灘孤
舟行客驚夢亦艱難

浣沙溪

寂寞流蘇冷繡茵。倚屏山枕惹香塵。小庭花露泣濃春。　劉阮信非仙洞客。常娥終是月中人。此生無路訪東鄰。

八拍蠻

雲鏁嫩黄煙柳細。風吹紅蔕雪梅殘。光影不勝閨閤恨。行行坐坐黛眉攢。

愁鏁黛眉煙易慘。淚飄紅臉粉難勻。憔悴不知緣底事。遇人推道不宜春。

河傳

秋雨秋雨無晝無夜滴滴霏霏暗燈涼簟怨分離妖姬不勝悲　西風稍急喧窗竹停又續膩臉懸雙玉幾迴邀約鴈來時違期鴈歸人不歸

臨江仙　尹參卿鶚

一番荷芰生池沼檻前風送馨香昔年於此伴蕭娘相隈佇立牽惹敘衷腸　時逞笑容無限態還如菡萏爭芳別來虛遣思悠颺慵窺往事金鏁小蘭房

深秋寒夜銀河靜月明深夜中庭西窗幽夢

禁花新典

仿鼎本作

敎大方

等閑成逡巡覺後特地恨難平　紅燭半條
殘焰短依稀暗背銀屏枕前何事最傷情梧
桐葉上點點露珠零

滿宮花

月沉沉人悄悄一炷後庭香裊風流帝子不
歸來滿地禁花慵掃　離恨多相見少何處
醉迷三島漏清宮樹子規啼愁鎖碧窻春曉

杏園芳

嚴粧嫩臉花明教人見了關情含羞舉步越
羅輕稱娉婷　終朝咫尺窺香閣迢遥似隔

層城何時休遣夢相縈入雲屛

醉公子

暮煙籠蘚砌戟門猶未閉盡日醉尋春歸來月滿身　離鞍偎繡袂墜巾花亂綴何處惱佳人檀痕衣上新

菩薩蠻

隴雲暗合秋天白俯窻獨坐窺煙陌樓際角重吹黃昏方醉歸　荒唐難共語明日還應去上馬出門時金鞭莫與伊

浣沙溪　毛祕書　熙震

春暮黃鶯下砌前水精簾影露珠懸綺霞低
映晚晴天　弱柳萬條垂翠帶殘紅滿地碎
香鈿蕙風飄蕩散輕煙

花榭香紅煙景迷滿庭芳艸綠萋萋金鋪閑
掩繡簾低　紫鷰一雙嬌語碎翠屏十二晚
峯齊夢䰟銷散醉空閨

晚起紅房醉欲銷綠鬟雲散裊金翹雪香花
語不勝嬌　好是向人柔弱處玉纖時急繡
裙腰春心牽惹轉無憀

一隻橫釵墜髻叢靜眠珎簟起來慵繡羅紅

蘇當作酥

因當是困

仿泉本作困　汲古困

嫩抹蘇胷　羞斂細蛾魂暗斷因迷無語思
猶濃小屏香靄碧山重　仿泉本作蘇
雲薄羅裙綬帶長滿身新裛瑞龍香翠鈿斜
映艶梅妝　佯不覷人空婉約笑和嬌語太
猖狂忍教牽恨暗形相
碧玉冠輕裊鷰釵捧心無語步香堦緩移弓
底繡羅鞋　暗想歡娛何計好豈堪期約有
時乖日高深院正忘懷
半醉凝情卧繡茵睡容無力卸羅裙玉籠鸚
鵡猒聽聞　慵整落釵金翡翠象梳欹鬢月

生雲錦屏綃幌麝煙薰

臨江仙

南齊天子寵嬋娟六宮羅綺三千潘妃嬌艷獨芳妍椒房蘭洞雲雨降神仙　縱態迷歡心不足風流可惜當年纖腰婉約步金蓮妖君傾國猶自至今傳

幽閨欲曙聞鶯囀紅窻月影微明好風頻謝落花聲隔幃殘燭猶照綺屏箏　繡被錦茵眠玉暖炷香斜裊煙輕澹蛾羞斂不勝情暗思閑夢何處逐雲行

更漏子

秋色清，河影澹，深戸燭寒光暗。綃幌碧，錦衾紅，博山香炷融。　更漏咽，蛩鳴切，滿院霜華如雪。新月上，薄雲收，映簾懸玉鈎。

煙月寒，秋夜靜，漏轉金壺初永。羅幕下，繡屏空，燈花結碎紅。　人悄悄，愁無了，思夢不成難曉。長憶得，與郎期，竊香私語時。

女冠子

碧桃紅杏，遲日媚籠光影。綵霞深，香暖薰鶯語，風清引鶴音。　翠鬟冠玉葉，霓袖捧瑶琴。

柳塘詞話
時節作時候
滿樹作滿院

應共吹簫侶暗相尋

脩蛾慢臉不語檀心一點小山粧蟬鬢低含綠羅衣濬拂黄　悶來深院裏閑步落花傍纖手輕輕整玉鑪香

清平樂

春光欲暮寂寞閑庭户粉蝶雙雙穿檻舞簾捲晚天踈雨　含愁獨倚閨幃玉鑪煙斷香微正是銷魂時節東風滿樹花飛

坊鼎本作樹

南歌子

遠山愁黛碧横波慢臉明膩香紅玉茜羅輕

深院晚堂人靜理銀箏 鬢動行雲影裙遮點屐聲嬌羞愛問曲中名楊柳杏花時節幾多情

惹恨還添恨牵腸即斷腸凝情不語一枝芳獨映畫簾閑立繡衣香 暗想爲雲女應憐傅粉郎晚來輕步出閨房髻慢釵橫無力縱猖狂

花間集卷第九

鹿虔扆事蜀為永泰軍節度使初讀書古祠見畫壁有周公輔成王圖期以此見志國亡不仕詞多感慨之音　樂府紀聞

周少霞云花間集稱鶚為參卿是鶚累官起翰林校書矣

元遺山謂魏承班詞俱為言情作大旨明淨不更苦心刻意以競勝者

倪雲林云鹿公高節偶尔寄情倚聲而曲折盡變有無限感慨淋漓處

閻選故布衣也能為小詞有臨江仙詞云云時人目為閻處士　十國春秋

周公謹謂毛熙震集止二十餘調中多新警而不爲儇薄今攷是編所錄定廿九首与齊東野語合又十國春秋稱歐陽炯善文章尤工詩又有小詞十七章之爲時之稱道云漁父歌尤爲詞家所倡和今考是編第五六卷已得十七章可徵花間所集名家詞皆無遺闕非選家例也陸文圭謂花間以前無集譜言唐人未

花間集卷第十　五十首

毛祕書熙震　十三首

河滿子二首　小重山一首　定西番一首

木蘭花一首　後庭花三首　酒泉子二首

菩薩蠻三首

李秀才珣字德潤梓州人昭儀李舜絃兄也珣以小詞為後主所賞詞家互相傳誦有瓊瑤集若干卷　十國春秋　三十七首

浣溪沙四首　漁歌子四首　巫山一段雲二首

臨江仙二首　南鄉子十首　女冠子二首

酒泉子四首　望遠行二首　菩薩蠻三首

西溪子一首　虞美人一首　河傳二首

有專集之詞盡刻采集非諸家完璧不如竟從彼全本集以為飛卿詞胥見於此惠無他出袁洲顧嗣立叙溫詩箋注云所見宋刻止金荃集七卷別集一卷金荃詞一卷疑其詞亦附於詩後未嘗專名金荃詞吳子律蓮子居詞話謂宋本飛卿集末卷有金荃詞蓋亦宋輯所刻去者惟顧吳二家並未嘗其調名篇目以校刻海集證之乃闌入楊柳枝八首此則金荃第一卷恐顧氏所云金荃詞亦未必多於采集也

第三句例作七言

此疑有敓

汲本作幾度香閨眠過曉

李旁

河滿子　毛祕書 熙震

寂寞芳菲暗度歲華如箭堪驚緬想舊歡多少事轉添春思難平曲檻絲垂金柳小窻絃斷銀箏　深院空聞鷰語滿園閑落花輕一片相思休不得忍教長日愁生誰見夕陽孤夢覺來無限傷情

無語殘粧澹薄含羞嚲袂輕盈幾度香閨眠曉綺窻疎日微明雲母帳中偷惜水精枕上初驚　笑靨嫩疑花坼愁眉翠斂山橫相望只教添悵恨整鬟時見纖瓊獨倚朱扉閑立

誰知別有深情　葉石君校本偷情作偷睹

小重山

梁鷰雙飛畫閣前寂寥多少恨懶孤眠曉來閑處想君憐紅羅帳金鴨冷沉煙　誰信損嬋娟倚屏啼玉筯濕香鈿四支無力上鞦韆群花謝愁對艷陽天

定西番

蒼翠濃陰滿院鶯對語蝶交飛戲薔薇　斜日倚欄風好餘香出繡衣未得玉郎消息幾時歸

木蘭花

蔡石君校
宋本作蹤
香花發

掩朱扉鈎翠箔滿院鶯聲春寂寞勻粉淚恨
檀郎一去不歸花又落 對斜暉臨小閣前事
豈堪重想着金帶冷畫屏幽寶帳慵薰蘭麝薄

後庭花

鶯啼鷰語芳菲節瑞庭花發昔時懽宴歌聲
揭管絃清越 自從陵谷追遊歇畫梁塵黦
傷心一片如珪月閑鎖宮闕
輕盈舞妓含芳艷競粧新臉步搖珠翠脩蛾
斂膩鬟雲染 歌聲慢發開檀點繡衫斜掩
時將纖手勻紅臉笑拈金靨

越羅小袖新香蒨，薄籠金釧倚闌。無語，摇輕扇，半遮勻面。春殘日暖鶯嬌懶，滿庭花片。争不教人長相見，畫堂深院。

酒泉子

閑卧繡幃，慵想萬般情寵。錦檀偏，翹股重，翠雲欹。暮天屏上春山碧，映香煙霧隔。蕙蘭心，魂夢役，斂蛾眉。

鈿匣舞鸞，隱映艷紅脩碧。月梳斜，雲鬢膩，粉香寒。曉花微斂輕呵展，裊釵金鷰軟。日初昇，簾半掩，對殘粧。

菩薩蠻

梨花滿院飄香雪高樓夜靜風箏咽斜月照簾帷憶君和夢稀　小窻燈影背鷰語驚愁態屏掩斷香飛行雲山外歸

繡簾高軸臨塘看雨飜荷芰真珠散殘暑晚初涼輕風渡水香　無憀悲往事爭那牽情思光影暗相催等閑秋又來

天含殘碧融春色五陵薄倖無消息盡日掩朱門離愁暗斷魂　鶯啼芳樹暖鷰拂迴塘滿寂寞對屏山相思醉夢間

浣沙溪　李秀才　珣

入夏偏宜澹薄粧越羅衣褪鬱金黃翠鈿檀注助容光　相見無言還有恨幾迴判却又思量月窻香逕夢悠颺

晚出閑庭看海棠風流學得內家粧小釵横戴一枝芳　鏤玉梳斜雲鬢膩縷金衣透雪肌香暗思何事立殘陽

訪舊傷離欲斷魂無因重見玉樓人六街微雨鏤香塵　早爲不逢巫峽夢那堪虛度錦江春遇花傾酒莫辭頻

紅藕花香到檻頻可堪閑憶似花人舊歡如
夢絕音塵 翠疊畫屏山隱隱冷鋪紋簟水
潾潾斷魂何處一蟬新

漁歌子

楚山青湘水淥春風澹蕩看不足草芊芊花
簇簇漁艇棹歌相續 信浮沉無管束釣迴
乘月歸灣曲酒盈罇雲滿屋不見人間榮辱
荻花秋瀟湘夜橘洲佳景如屏畫碧煙中明
月下小艇垂綸初罷 水爲鄉蓬作舍魚羮稻
飯常飡也酒盈杯書滿架名利不將心挂

柳垂絲花滿樹鶯啼楚岸春山暮棹輕舟出深浦緩唱漁歌歸去　罷垂綸還酌醑孤村遥指雲遮處下長汀臨浅渡驚起一行沙鷺九疑山三湘水蘆花時節秋風起水雲間山月裏棹月穿雲遊戲　鼓清琴傾渌蟻扁舟自得逍遥志任東西無定止不議人間醒醉

巫山一段雲

有客經巫峽停橈向水湄楚王曾此夢瑤姬一夢杳無期　塵暗珠簾卷香銷翠幄垂西風迴首不勝悲暮雨灑空祠

古廟依青嶂，行宮枕碧流。水聲山色鎖粧樓。往事思悠悠。雲雨朝還暮，煙花春復秋。啼猿何必近孤舟。行客自多愁。

臨江仙

簾捲池心小閣虛，暫涼閑步徐徐。芰荷經雨半凋疎。拂堤垂柳，蟬噪夕陽餘。不語低鬟幽思遠，玉釵斜墜雙魚。幾迴偷看寄來書。離情別恨，相隔欲何如。

鶯報簾前暖日紅，玉鑪殘麝猶濃。起來閨思尚疎慵。別愁春夢，誰解此情悰。强整嬌姿

仿鼎本作游女帶香芳

臨寶鏡小池一朶菡萏舊歡無處再尋蹤更堪廻顧屏畫九疑峯

南鄉子

煙漠漠雨淒淒岸花零落鷓鴣啼遠客扁舟臨野渡思鄉處潮退水平春色暮

蘭棹舉水紋開競攜藤籠採蓮來廻塘深處遥相見邀同宴淥酒一巵紅上面

歸路近扣舡歌採真珠處水風多曲岸小橋山月過煙深鏁荳蔻花垂千萬朶

乗綵舫過蓮塘棹歌驚起睡鴛鴦帶香遊女

箏一爭字汲古有
仿宋本有爭字旁
箏一閒字汲古有
仿宋本有閒字旁

隈伴笑窈窕競折團荷遮晚照
傾淥蟻泛紅螺閑邀女伴簇笙歌避暑信舡
輕浪裏遊戲夾岸荔枝紅蘸水
雲帶雨浪迎風釣翁迴棹碧灣中春酒香熟
鱸魚美誰同醉纜却扁舟蓬底睡
沙月靜水煙輕芰荷香裏夜舡行綠鬟紅臉
誰家女遥相顧緩唱棹歌極浦去
漁市散渡舡稀越南雲樹望中微行客待潮
天欲暮送春浦愁聽猩猩啼瘴雨
攏雲髻背犀梳焦紅衫映綠羅裾越王臺下

尚有七首此選未入

春風暖花盈岸遊賞每邀隣女伴
相見處晚晴天刺桐花下越臺前暗裏迴眸
深屬意遺雙翠騎象背人先過水

女冠子

星高月午丹桂青松深處醮壇開金磬敲清
露珠幢立翠苔　步虛聲縹緲想像思徘徊
曉天歸去路指蓬萊
春山夜靜愁聞洞天疎磬玉堂虛細霧垂珠
珮輕煙曳翠裾　對花情脉脉望月步徐徐
劉阮今何處絕來書

翠 茅本作碎 汲古同

碎 仿鼎本亦作

棄清雁爲清之誤

清當是漬之誤

一本亦過

茅本作漬 是也

汲古亦作清 誤 實二書皆是本之誤

此下二首爲又一體

汲古亦作中 誤 中字非古通韵

巾字之誤 又訛於肩

中疑作旌

酒泉子

寂寞青樓，風觸繡簾珠翠撼，月朦朧，花暗澹，鎖春愁。

尋思往事依稀夢，淚臉露桃紅色，重鬢歛，蟬釵墜，鳳思悠悠。

雨清花零，紅散香凋池兩岸，别情遥，春歌斷，掩銀屏。

孤帆早晚離三楚，閑理鈿箏愁幾許，曲中情，絃上語，不堪聽。

仿鼎本作雨漬 大方

秋雨聯綿，聲散敗荷叢裏，那堪深夜枕前聽，酒初醒。

牽愁惹思更無停，燭暗香凝天欲曉，細和煙，冷和雨，透簾中。巾

此卷明按於飛鴻輪舫 時丁酉十二月 吴江城外

仿鼎本亦誤作中

下闋六字句与前一首七字句又一體 前詞結句三字句上作六字分兩句此已七字一句亦異撰也 令曲體例不一而未協最精細

秋月嬋娟皎潔碧紗窗外照花穿竹冷沉沉印池心 凝露滴砌蛩吟驚覺謝娘殘夢夜深斜傍枕前來影徘徊

望遠行

春日遲遲思寂寥行客關山路遥瓊窗時聽語鶯嬌柳絲牽恨一條條 休暈繡罷吹簫貌逐殘花暗凋同心猶結舊裙腰忍辜風月度良宵

露滴幽庭落葉時愁聚蕭娘柳眉玉郎一去負佳期水雲迢遞鴈書遲 屏半掩枕斜欹

蟰淚無言對垂吟蛩斷續漏頻移入窻明月
鑒空帷

菩薩蠻

迴塘風起波紋細刺桐花裏門斜閉殘日照
平蕪雙雙飛鷓鴣　征帆何處客相見還相
隔不語欲魂銷望中煙水遥
等閑將度三春景簾垂碧砌叅差影曲檻日
初斜杜鵑啼落花　恨君容易處又話瀟湘
去凝思倚屏山淚流紅臉斑　仿鼎本作君去字
隔簾微雨雙飛鸞砌花零落紅深淺捻得寶

汲古亦作去
去字有誤
茅本作君不誤宜
据段批去日下
去字衍誤

仿鼎本亦作未來到 大方
葉石君校本作歸倚 大方
瞥据改 朔均稷

箏調心隨征棹遥　楚天雲外路　動便經年去香斷畫屏深　舊懽何處尋

西溪子

金縷翠鈿浮動　粧罷小窻圓夢　日高時　春已老人來到　滿地落花慵掃　無語倚屏風　泣殘紅

虞美人

金籠鶯報天將曙　驚起分飛處　夜來潛與玉郎期　多情不覺酒醒遲　失歸期　映花避月遥相送　膩鬟偏垂鳳　却迴嬌步入香閨　倚屏無語撚雲篦　翠眉低

光緒癸卯冬月壺盦氏以汲古閣本假錄評註一通 臘八日記

河傳

去去何處迢迢巴楚山水相連朝雲暮雨依舊十二峯前猿聲到客舡 愁腸豈異丁香結因離別故國音書絕想佳人花下對明月春風恨應同

春暮微雨送君南浦愁斂雙蛾落花深處啼鳥似逐離歌粉檀珠淚和 臨流更把同心結情哽咽後會何時節不堪廻首相望已隔汀洲艣聲幽

花間集卷第十

己未閏五月十一日朱閒校讀

戊戌歲孟陬月既望以明萬歷閒歸安茅一楨凌霞山房校刻本對勘一過

按尊前集毛叙自言余素愛花間集最嵗客吳興茅氏兼有附補而余斷編殘簡有類焉
是所稱茅氏善本一模也子晉因見茅刻者

右花間集十卷宋十行行十七字本現藏聊
城楊氏海源閣卷首有傳是樓徐氏聽雨樓
查氏藏印系用淳熙十一十二等年冊子紙
印行其紙背官銜畧可辨識者曰儒林郎觀
察支使措置酒務施　成忠郎監在城酒務
賈　成□郎本州指使差監拜斛場吳　江
夏縣丞兼拜斛場温　□□郎本州指使差
監大江渡潘　進□尉差監猪羊欄董　進
義副尉本州指使監公使庫范　鄂州司户
參軍戴　成義郎添差本州排岸差監本津

汲古刻定沿是
本之譌外茅
刻多足據以
訂正　鶴又記

槧本君傳崑山徐
乾學養稱其著
書与世異每遇宋元
鈔本雖零縑單卷
必重購之游別部
居精辨其後所識
其所由來其藏書跋
多題南陽畿道人
或南陽道畿其印
曰樸學齋曰歸來

草堂曰金壇王柱人家世居洞庭山中常遊虞山樂其山水因家焉鼎革後盡亡其貲財獨身走還洞庭所著有金石文隨錄等稿六册何夢華藏見於汀日記是知所聚者不僅古書今得是册集校宋本附朱文以字跋一行尔某某畢函欲段錄而郵上方良意殊鄭重因諗其度一過于滬瀆郵州布衣梅表善書

闗發收税劉　信義郎本州准備差使監公使庫朱除江夏縣丞鄂州司户參軍二官餘皆添差官監酒税者二監拜斛場者二監公使庫者二監大江渡者一監猪羊櫃者一監本津闗發收税者一凡十人觀察支使從八品宋職官志云幕職官縣丞從八品宋志云諸路州軍縣劇今户二萬以上增置司户參軍從九品文獻通考云諸州置司户參軍掌户籍賦税倉庫交納儒林郎等階宋志云儒林郎爲觀察掌書記支使防團判官等文階

按晁謚之所題往年例卷猶載郡將監司賓幕之行或即是本而以淳熙十三年册子本印行耳

今結銜與志合成忠郎進□尉義似是進義尉進義副尉皆武職階成義郎信義郎均不見於職官志志又云監當官掌茶塩酒税場務征輸及冶鑄之事諸州軍隨事置官建炎初詔監當官闕許轉運使具名奏辟一次以二年爲任實有六考方許闕升煩劇去處許添差一員合選差文臣處更不差武臣淳熙二年詔二萬貫以下庫分選有才幹存留一員指揮諸班官直親從親事官保義郎以下差充建炎四年詔每州以五員爲額今監場監大江

渡監豬羊櫃監本津關發收稅皆在添差官之列然已不止五負矣鄂州酒務中興繫年錄云紹興十二年右司鮑琚總領鄂州大軍錢糧先是琚奏岳飛軍中利源鄂州并公使激賞備邊回易十四庫歲次息錢一百六十萬五千餘緡詔以鄂州七酒庫隸田師中爲軍需餘令總所樁收是鄂州酒務爲最旺之所公使庫朝野襍記云公使庫諸道監帥司及州軍邊縣與戎帥皆有之然正賜不多而著令許收遺利以此州郡得以自恣開抵當

賣熟藥無所不爲其實以助公使耳餘皆無考册紙皆鄂州公文此書其刻於鄂州乎鳳阿同年出以見眎如式影寫付工精刻並爲攷其崖略如右光緒癸巳長至臨桂王鵬運識於四印齋

是編爲詞選中之至精奥者卧夢起誦不猒百回朅來滬濱時於艷冶叢中諷詠過口匝極蒼淡之致余所篹冷紅詞閒能得其細趣猶憶去年石湖舟次聞小姬唱湘春夜月使人至今依黯也

光緒涒歎之年十二月　叔問又記

陳臥子曰宋人不知詩而強作詩故終宋之世無詩然其歡愉愁苦之致動於中而不能抑者類發於詩餘故其所造獨工五代詞之所以獨勝者亦此也 此論固視放翁言爲勝然豈當其世者未之自知耶

花間集皆唐末五代時人作方斯時天下岌岌生民救死不暇士大夫乃流宕如此可歎也哉或者出于無聊故耶 笠澤翁書

汲古閣刻本後更有笠澤翁題數行不知何許人也 秋閣記

按汲古本書後乃是之放翁題跋又有一則跋花間集云

唐自大中後詩家日趣淺薄其間傑出者亦不復有前輩閎妙渾厚之作久而自厭然梏于俗尚不能拔出會有倚聲作詞者本欲酒間易曉頗擺落故態適與六朝跌宕意氣差近此集所載是也故歷唐季五代詩愈卑而倚聲者輒簡古可愛蓋天寶以後詩人常恨文不逮大中以後詩衰而倚聲作使諸人以其所長格力施於所短則後世孰得而議筆墨馳騁則一能此不能彼未易以理推也

開禧元年十二月乙卯務觀東籬書

汲古既刻放翁前跋何不及其後語

放翁實於倚聲尚未是深考 蓋唐末七言絕句盛行其節哀促審音者以爲其詞只宜箏笛遂采新聲作絕句而更藏之教成令曲按謡合拍以爲清異施之酒坐又復便於歌者道乃大行 李太白溫飛卿爲之一時傳誦與詩並興 北宋後周美成演爲長調詞格乃大備已

右花間集十卷皆唐末才士長短句情真而調逸思深而言婉嗟乎雖文之靡無補於世亦可謂工矣建康舊有本比得往年例卷猶載郡將監司僚幕之行有六朝實錄與花間集之贐又他處本皆訛舛迺是正而復刊聊以存舊事云紹興十八年二月二日濟陽晁謙之題

甲寅秋八月用明仿宋晁謙之本校過并錄跋尾

此本經葉石君用宋本校過 石君名樹廉一名萬